Berliner Kindheit um
neunzehnhundert

Walter Benjamin

柏林童年

〔德〕

瓦尔特·本雅明 著

王 涌 译

南京大学出版社

Albert Meyer BERLIN.

目　　录

译者前言

　　《单行道》在德国出版后的第三年,本雅明应当时《文学世界》杂志之约,在"柏林纪事"题下写一些该城市值得关注的事件。[①]可是,到了第二年,"即1932年2月快要交稿时,他才动手写"[②]。结果到1938年完稿时出现的并不是系列文章,而是一部书稿,题目也不再是《柏林纪事》而是《1900年前后的柏林童年》。由此,关于柏林这个他度过了整个童年时光的城市,他按照自己的方式写出了想要写的。在三十年代德国没有出版商愿意接受该书稿的情况下,他就将其中的部分章节交由当时的报纸和杂志发表,但对整部书稿的样式与内容他则矢志不移地始终坚持着,不管能不能出版。最终这部书稿的问世首先还是归功于对本雅明思想的精彩具有深刻洞察和领悟的阿多诺。在阿多诺于二十世纪四五十年代间整理出版本雅明遗稿的过程中,对他生前如此矢志不移但又未能最终如愿出版的书稿尤其投入了关注,最终在1950年还没有获得这部

---

　　① 参见 Walter Benjamin, *Gesammelte Schriften*, Frankfurt am Main 1972—1989, Band Ⅵ, S. 476。

　　② Uwe Steiner, *Walter Benjamin*, 2004 Stuttgart/Weimarp, S. 147.

著作的完整文稿时便迫不及待地根据散见在本雅明遗稿里的该书部分篇章,以及三十年代已经由报纸和杂志发表的部分,整理成了一部书稿,在德国出版。六十年代,随着该书稿又有其他一些章节被发现,不仅该书立刻"成为本雅明最受欢迎的著作之一"①,而且评论界马上出现了将之称为"本世纪最美妙随想集之一"②的评说。随着八十年代以来出自本雅明本人之手的该书第一稿和最后稿的被发现,它的美妙和精彩才整个地昭然于世,作者在这部书稿上的心血和迷醉才展现出了它完整的面貌。

一

从标题来看,该书的美应该属于美妙的回忆录之列。是的,那是作者对柏林儿时年华的追忆,里面记述的事件和体验都是儿时的亲身经历。当年本雅明写作该书时正逢他出于对当时德国政治和经济形势失望准备离开柏林前往巴黎流亡的时刻。离开故乡前的留恋使他的《柏林童年》带有着鲜明的少年回忆性质,里面叙说的经历和故事确实也无不展示着对童年时光的回忆。在写作该书的三十年代,作者也正从心理意义层面对回忆投入了明显的关注。基于这样的视点,德国著名本雅明研究者徐特尔点中要处地指出:《柏

① Rolf Tiedemann, Nachwort zu Benjamins *Berliner Kindheit um neunzehnhundert Giessener Fassung*, Frankfurt 2000, S. 115.

② Peter Szondi, *Hoffnung im Vergangenen*, *Ueber Walter Benjamin* (1961). In: Peter Szondi, *Schriften* Ⅱ, Frankfurt am Main 1978, S. 282.

林童年》里的文章基本"按照古代记忆激活法（die Mnemotechnik）展开"①。所谓"记忆激活法"源自古代欧洲的演讲活动。"依此方法，某个讲演的具体内容被预先与特定的图景联在一起，以使在讲演时见到怎样的图景就立马会想起要讲述的内容。这个图景可以是一幢建筑，一座城市或一个景观。"②"这种方法虽然自文艺复兴时代以来越来越不受重视，但是在艺术中却始终未失去意义。"③在文学表现中更是如此，尤其在现代派文学中。熟知现代文学手法的"本雅明在其《柏林童年》中就依循了这一方法，其中激活记忆的图景就是他孩提时熟悉的某城市地区或家中的某个角落，有些篇章的标题就直接宣明了这样的图景所在，如'动物花园'、'花园街12号'。这样的图景有时又是特定的物品，它们时而见诸标题如'识字盒'、'电话机'、'胜利纪念碑'等，时而会在行文中具体提到，如'学校里的钟'、'盒子'、'餐柜'等"④。当然，《柏林童年》的少年回忆性质并不仅仅见诸这个表明记忆活动在起作用的记忆帮助法，而且还见诸整个叙说。书中的每个叙说、每段文字无不在追忆着当年柏林童年时的经历和感受。

然而，经历也罢，感受也罢，由于回忆的缘故其间又不可避免地掺杂着主观选取。正是这个选取使该书呈现出了与一般回忆录不同的特异之处。基于此，作者本人曾多次表示不愿将该书简单地看成是自传性的童年回忆，因为其中所写的"并没有按照时间顺

---

① Detlev Schoettker, *Konstruktiver Fragmentarismus, Form und Rezeption der Schriften Walter Benjamins*, 1999 Frankfurt am Main, S. 231.

②③④ Detlev Schoettker, *Konstruktiver Fragmentarismus, Form und Rezeption der Schriften Walter Benjamins*, 1999 Frankfurt am Main, S. 233, S. 232, S. 233.

序"展开,而且"也没有展现一个人生命的进程"①。书中随处可见少年时代的经历和感受,唯独不见自传性童年回忆通常依循的时间顺序以及由之而来的个人成长过程。显然,作者在自传性回忆文体中刻意追求着某种特异的东西,这种特异首先来自特异的回忆。

在刚刚完成该书写作的 1939 年,本雅明在其《论波德莱尔的几个主题》中援引普鲁斯特的观点指出:"在普鲁斯特看来,单个人能否就自我获得某种观念,他是否能捕获自己的经验,这全要看机遇。在这样的问题上,个人没有丝毫可以自主行事的空间。"②这种对自我的观念或有关自己的经验显然筑基于记忆,但这种记忆是无法自主行事的,即所谓的"非意愿记忆"(mémoire involontaire),它将个人能否"去叙说他自己的童年……归咎于偶然,因而……能否做到这一点就全然成了一件很难说清的事"③。鉴于自然记忆的这个偶发性特征,本雅明尤其看重所谓的"有意识回忆"(das bewusste Erinnern)。因此他在 1938 年写成的《柏林童年》最后稿的《序言》中写道:"有意唤起我心中那些在流亡岁月里最能激起我思乡之痛的画面——来自童年的画面。"④这种"有意识回忆"不同于日常回忆的地方在于"自主行事",它不依循时间序列,也不屈就外在的完整,而只是追寻事物内在的关联,就像基于"非意愿记忆"的童年回忆任凭往事按自然序列展现,而"有意识回忆"

---

① Walter Benjamin, *Gesammelte Schriften*, Frankfurt am Main 1972—1989, Band Ⅵ, S. 488.

②③ 参见本雅明:《发达资本主义时代的抒情诗人》,江苏人民出版社 2005 年版,第 111 页。

④ 见本书第 91 页。

则刻意凸显往事与今事的内在关联一样。因此,本雅明在《柏林童年》最后稿的《序言》中就"有意回忆"写道:"这思念的情感同样也不应主宰我的精神。我努力节制这种情感,旨在从特有的社会发展必然性中,而不是从带偶然性的个人传记角度去追忆往日的时光。"①

回忆不由思念主宰,也就是剔除了由思念这种自然情感而来的"不由自主",使之进入自主运作。由此凸显的显然是有意选择。当人刻意而不是由思念的自然情感去回首往事时,记起的往事就不再单纯是个人生命旅程的映现,而同时,应该主要是映现了由"刻意"而来的不是自然情感能察觉的东西。如果说自然回忆没有主观探究痕迹而只是展现了事物的自然进程,那么"有意回忆"就富有探究色彩地将事物自然进程中潜藏的、起决定作用的东西展现了出来。因此,前者是带有偶然性的,还未经任何梳理地依附在自然时间中,后者则相反地是映现必然性的,它已经掀开了自然时间对事物间必然关联的遮蔽,所以不再会"按照时间顺序"展开。"有意回忆"就是这样通过对记忆的梳理和探究剔除了依附在时间顺序表层的偶然性,将纵深的必然性付诸显现。因此,本雅明自己在写作《柏林童年》时致格尔斯霍姆·肖勒姆(Gershom Scholem)的一封信中就该书的特异写作方式写道:"这是由所要表达的内容要求的,那绝不是按年代顺序去叙说,而是向回忆活动的深层内里进行逐一挺进。"②

---

① 见本书第 91 页。
② Walter Benjamin/Gershom Scholem, *Briefwechsel* 1933—1940, Frankfurt am Main 1988, S. 28.

由于这样的"挺进",回忆的时间顺序虽然被冲破了,但其间潜藏的事理则得到了展现。又由于《柏林童年》在根本上带有着少年回忆的性质,而且显而易见的是,该书主要是以回忆录方式出现的,这样,由少年回忆而来的过去经历和景象就带有了被反思"挺进"过的色彩,带有了意蕴。这样的景象也就不是简单的物象,而是成了意象。因此,"这样的回忆并不是简单地重现过去发生的事,而是将之重新整合到了一个新的形态中"①,即整合成了具有特定表达的意象。由此,《柏林童年》就成了此前《单行道》中首次实施的意象思维在新的载体下的深化或展开,这个新的载体便是童年回忆。

就此看来,《柏林童年》首先映入眼帘的无疑是童年回忆,但它"并不是严格意义上的叙事文学,而是一些穿插其他要素的叙事"②。这"其他要素"便是事物的内在关联,或如作者本人所言是"特有的社会发展必然性"。本雅明曾对当年之所以没有完成《文学世界》杂志所约写出有关"柏林值得关注事件"的文稿作出解释:因为"他关注的旨趣不在现实生活,而在自己的过去,也就是说,要作为土生土长的柏林人去对该城市作出描述。这就要有另一种更深层的动机,一种不是走进远方而是走进过去的动机"③。一方面要讲述自己的过去,另一方面又不愿意外在地去描述一个远去的世界,而要作为从过去走过来的人再重新走进去。于是,所讲述的故事或感受便只是作为"物象符号成了作者融合着梦幻和反思的

①② Detlev Schoettker, *Konstruktiver Fragmentarismus*, *Form und Rezeption der Schriften Walter Benjamins*, 1999 Frankfurt am Main,S. 226, S. 231.

③ Walter Benjamin, *Gesammelte Schriften*, Frankfurt am Main 1972—1989, Band Ⅲ, S. 194.

回忆得以展开的载体（Medium）"①。无疑，整个《柏林童年》"都是按此原则写成的"②。

二

显然，该书并不是历史读本，对必然性的关注也不是板起脸以说教的方式进行，而是托付给了基于童年回忆的意象展示。此间处于前列的自然是作者个人的经历和感受，因此所述的社会必然性也首先是关涉作者个人的社会必然性。一个人的童年会有很多经历和感受，许多让人无以忘怀，甚至陪伴人的整个一生。但是，对后来成长产生影响并留下烙印的只会是其中的一部分，恰是这些部分需要去辨识。这些部分虽然没有完整体现一个人的成长过程，但却展现了个人生活道路的内在关联。《柏林童年》通过"有意回忆"作出的记述，正是作者童年经历中映现此后生活道路必然轨迹的部分。无论对年少时的读书嗜好，还是对自我陶醉之游戏的描述，无不暗示了作者此后的思维和行为，如第一稿《柜子》（最后稿《长筒袜》）中所记述当年热衷的与包卷着的袜子的游戏，显然在于宣明作者此后笃信的有关形式与内容关系的思想。即便在一些表面看似乎纯属对过去某件事或某段经历的描述中，其间的倾向也是游然于字里行间，那不单纯是当年，也是此后一直延续着的倾向，如《圣诞天使》中出现的对圣诞节邻居窗棂中暗含的"孤独、衰

①②　　Detlev Schoettker, *Konstruktiver Fragmentarismus*, *Form und Rezeption der Schriften Walter Benjamins*, 1999 Frankfurt am Main, S. 233.

老、贫困以及苦难"的发现。正是这些童年的经历和感受铸成了此后本雅明的所思所想。因此,徐特尔就该书指出:"本雅明对过去的展现并不是为展现而展现,而是为了宣明过去中所隐含的指向未来的要素。"①这个未来首先指向的是作者的个人生活。在同样的意义关联中,斯宗迪(Peter Szondi)在将本雅明的《柏林童年》与普鲁斯特类似回忆进行比较后指出:"普鲁斯特追寻的是过去的后效应,本雅明则追寻未来的前效应,而这个前效应本身在当时已成为了过去。"②在"过去的后效应"这里,重音在过去,而"未来的前效应"则将重音放在了未来。虽然任何回忆都带有着"过去之后效应"的印迹,都映现着过去留下的效应,但如果将过去作为未来的前奏来看,那么,此间的必然就会跃然而出。

当然,对个人生命之内在必然的展示并不是本雅明童年回忆的终极目的所在。事实上,一个人绝不可能独立地生活在纯个人的真空里,每个人的生命都不由自主地与所依附的环境连在一起。在本雅明那里,无论就他的童年还是此后的生活而言,现代都市毋庸置疑地是其成长和活动的营巢。因此,童年回忆凸显的个人生命之内在必然最终映现的是现代大都市的必然容貌。因此,本雅明自己在论及《柏林童年》一书时就曾指出,该书涉及的是:人对大都市的体验是如何深深植根于在该城市度过的孩提时代的。③ 在

---

① Detlev Schoettker, *Konstruktiver Fragmentarismus*, *Form und Rezeption der Schriften Walter Benjamins*, 1999 Frankfurt am Main, S. 236.

② Peter Szondi, *Hoffnung im Vergangenen*, *Ueber Walter Benjamin* (1961). In: Peter Szondi, *Schriften* Ⅱ, Frankfurt am Main 1978, S. 285.

③ 参见 Walter Benjamin, *Gesammelte Schriften*, Frankfurt am Main 1972—1989, Band Ⅶ/1, S. 385。

本雅明那里,对现代都市生活的体验并不单纯是对个人生命的体味,而更多是由此对正处于成型中之现代主义的体验。回首本雅明对现代主义的关注,其间都市生活便是一个义无反顾的入口。无论巴黎(《巴黎拱廊街研究》)还是柏林(《柏林童年》),这两个当时正处于鼎盛期的现代大都市都成了本雅明体验和观照现代主义的场所。因此,美国当代著名本雅明研究者乌维·施泰纳(Uwe Steiner)新近指出:"沿着波德莱尔和超现实主义的路径,大都市成了本雅明感受现代主义的处所。"①所以,《柏林童年》一书在内容上可以被看成是与《巴黎拱廊街研究》属于一个系列的著作,都是对处于成型中之现代都市生活,即对现代主义源起的展示,虽然二书在写作方式上迥然不同。正是基于此,乌维·施泰纳毫不含糊地指出:"本雅明的《柏林童年》与《巴黎拱廊街研究》共同指向十九世纪下半叶,这并不单纯是对这一历史时间段的关注,而是对现代主义之源起的关注。"②十九世纪下半叶是现代主义迅速崛起的时代,本雅明之作为梳理现代主义源起的思想家很大程度上体现在对这一时间段的关注上。《柏林童年》便是他凭借童年回忆这一文学载体,用一种不同于《巴黎拱廊街研究》但类似于《单行道》的意象思维方式实施这种关注的又一尝试。

　　如今,西方评论界流行的看法是:该书通过对现代都市生活的体验揭示了现代主义的最初源起。其实,对此源起的揭示在本雅明那里主要的并不是由知识兴趣,而是在意识形态批判旨趣的主导下进行的。全书之所以没有按年代顺序,之所以没有展示一个

　　①②　Uwe Steiner, *Walter Benjamin*, 2004 Stuttgart/Weimar, S. 149, S. 147.

人的成长过程,一方面在于从事这种揭示,更主要地在于实施意识形态批判的同时进行意象构建。正是在童年回忆这个载体中构建出的意象,展示了作者意识形态批判的倾向所在。

就像任何批判都离不开特定基点一样,本雅明的这个基点主要来自两方面:其一,基于社会现代化所导致的处于衰亡中的人性。此间,本雅明并没有以一味守旧者的面貌出现,而是带有哀伤地展示出了那些不该走向衰亡的人性方面;其二,意在诱发或促成精神领域的革命,尤其对自己所属之富裕市民阶层,即资产阶级意识形态的革命。德国当代著名传记作家海特曼(Frederik Hetmann)在其新近的本雅明传记中也指出:"本雅明一方面将自己看成是怀有批判眼光的'衰亡之人性'的守护者。在这样的角色中,自然免不了忧伤;……另一方面,也将自己看成是促成革命意识的'精神工作者',这个革命直指他自己所属的社会阶层。"①就前者而言,在《乞丐与妓女》中记述了当年柏林街头与妓女攀谈后,随即写下了这样的感受:"与妓女攀谈宛如与一架自动售货机交往,只要给出一个信号她就会按程序作出反应。"淡淡的两句话,表面看是在阐述当时的感受,其实是在对"衰亡的人性"发出促人清醒的哀叹。而街头妓女正是伴随着城市化,伴随着现代主义出现的现象;就后者而言,《胜利纪念碑》中对被时代奉为英雄人物的反讽,《圣诞天使》中对贫富差异的渲染,无不在呼唤精神领域的革命。这里与批判理论其他代表不同的是,本雅明并没有用概念演绎,理性论说,而是用基于实际经历的意象展示去点燃引发精神革命的思想之

---

① Frederik Hetmann, *Reisender mit schwerem Gepaeck*, *die Lebensgeschichte des Walter Benjamin*, 2004 Weinheim Basel, S. 275.

火。这样的意象展示,或是对衰亡人性的哀叹,或是对精神革命的诱发,充盈在全书的每个角落。本雅明 1932 年开始写作该书时希特勒已在德国渐渐站住脚,1938 年完稿时他已在国外流亡了五年。可以说,他在该书中以如此隐秘的方式从事的意识形态批判指向的应该是当时德国以现代主义形态出现的社会情形。

<h2 style="text-align:center">三</h2>

"有意识回忆"也罢,现代主义也罢,甚而意识形态批判,《柏林童年》的受欢迎首先在其文学性方面,它所获得的作为"本世纪最美妙随想集之一"①的美誉指向的无疑是书中无处不在的敏锐洞察和细腻笔触,尤其是使本雅明显出独特性的对不易察觉之细节的捕捉和玩味,如《少年读物》中没有对儿时凝望空中飘落雪片的细腻玩味是无法将之意趣盈然地比附到阅读体验上的,更无法用雪花飘落去比附阅读使世界向人走近之功效:"我冬天站在暖意浓浓的卧室窗边,外面的暴风雪有时会这样向我无声地叙说,虽然我根本不可能完全听懂这种叙说的内容,因为新雪片太迅速而密密地盖住了旧雪片。我还未及和一团雪片好好亲近,就发现另一团已突然闯入其中,以致它不得不悄然退去。可是现在时机到了,我可以通过阅读那密密聚在一起的文字去寻回当初我在窗边无以听清的故事。我在其中遭际的那些遥远异邦,就像雪片一样亲昵地

---

① Peter Szondi, *Hoffnung im Vergangenen*, *Ueber Walter Benjamin* (1961). In: Peter Szondi, *Schriften* Ⅱ, Frankfurt am Main 1978, S. 282.

交互嬉戏。而且由于当雪花飘落时，远方不再驶向远处，而是进到了里面，所以巴比伦和巴格达，阿库（以色列北部一城市——引者）和阿拉斯加，特罗姆瑟（挪威北部一城市——引者）和特兰斯瓦尔（南非一省份——引者）都坐落在我的心里。"出其不意的比附将人笃信无疑地带到了此情此景的原汁原味中。再看《色彩》中对着色玻璃独具匠意的体味："这就像用毛笔在作一幅水彩画，只要我在一片潮湿的云彩里点到哪些事物，这些事物便会朝我敞开它的整个身躯。"儿时面对色彩的遐想如此地富有创意，如此地引人入胜，在此被刻画得栩栩如生，惟妙惟肖。《柏林童年》中的每一节甚至每一段都样式各异地潜藏着无数这样的玩味和刻画，它使阅读该书成了一次历险旅行，途中会让你不时有意外的发现。"意外"是由于你平时不会注意或不会想到。恰是这种"意外"使你愿意跟着它走，跟着它去经历一次又一次的"发现"。发现世界，也发现自我。

当然，全书由细腻体味发现的世界并不是一个全然陌生的新世界，而是被忽略或不经意地从身边悄然逝去的世界。重见这样的世界，见到的就不单纯是曾拥有过的东西，而是曾拥有却未意识到的东西。正是这未意识到的东西向人们打开了曾隐秘地主宰着人的思想和感受的世界，而正是这个不经意的隐秘世界昭示着个人生活的精神源起。《柏林童年》之受欢迎根本在于它打开了这个悄悄为人生定下基调的隐秘世界，阿多诺称之为"伟大意向无以掌控的非意向性"世界。① 在他看来，"本雅明著作总是在不断地尝

---

① 参见 Theodor W. Adorno, *Gesammelte Schriften*, Band 4, *minima moralia*, *Reflexionen aus dem beschae? digten Leben*, S. 171。

试使伟大意向无以掌控的东西对哲学有用,其威力在于不是通过已变得疏异的思想谜底去实施这种尝试,而是用辩证和非辩证同时兼具的思考去寻回非意向性的东西。"①这样的话出自他《最低限度的道德——来自被损坏生活的反思》一书。阿多诺 1950 年编完了本雅明的《柏林童年》之后,将这两本书一起交给了苏卡姆(Suhrkamp)出版社出版。② 显见,对本雅明思想具有深切领会的阿多诺正是由于体悟到了《柏林童年》展示这个"非意向性"世界的意义,才在他的《最低限度的道德》一书中,"将本雅明的回忆演绎成了'来自被损坏生活的反思'"③。《柏林童年》是一部回忆录,但又与按年代顺序展开的一般回忆录不同,它经由"有意回忆"展现了那个不经意地主宰我们思想的隐秘世界,因而使"非意向性"成了"对哲学有用的东西"。

不经意世界,即"非意向性"世界在《柏林童年》中近乎无所不在,其潜在的哲学意义在构建出的意象中使人心领神会,无需任何直接的阐述和周密的论说。真是"不著一字",却已"尽得风流"。比如,《姆姆类仁》中讲述了这样一个故事:"该故事源自中国,讲述的是一位向友人展示他新作的老画家。画面上画着一个花园,池塘边一条狭窄的小径穿过下垂的树枝通向一扇小门,门后是一间小屋。当朋友们四处找这位画家时,他不见了,他在画中,慢悠悠

---

① 参见 Theodor W. Adorno, *Gesammelte Schriften*, Band 4, *minima moralia*, *Reflexionen aus dem beschae? digten Leben*, S. 171。

② 参见 Rolf Tiedemann, Nachwort zu Benjamins *Berliner Kindheit um neunzehnhundert* Giessener Fassung, Frankfurt 2000, S. 115。

③ Detlev Schoettker, *Konstruktiver Fragmentarismus*, *Form und Rezeption der Schriften Walter Benjamins*, 1999 Frankfurt am Main, S. 234, S. 238, S. 239。

地沿着那条狭窄小路走向那扇门，静静地在门前停住脚步，侧过身，微笑着消失在门缝里。我用毛笔描画碗盆时也曾有一次像这样进入到画中，随着一片色彩我进入到了那瓷盆中，觉得自己与那瓷盆无异。"可见，绘画的魅力支撑是多么不经意地深深植根于"无我"的"非意向"活动。同样，作为"整部著作核心"①的《驼背小人》也以鲜明的意象语汇"不仅说明了回忆与忘却是处于交互作用中的，而且同时也说明了记忆无法由主观意志掌控这一现象"②。有回忆就会有忘却，有了忘却才会有记忆，这些都不是主观意志可以掌控的。"驼背小人"取自德国古时流传下来的一首匿名诗句，该诗最早由德国诗人和作家阿辛姆·冯·阿宁姆（Achim von Arnim）和克雷门斯·布伦塔诺（Clemens Brentano）在其 1808 年推出的《少年的魔角》第三部中公之于世，此后便经常出现在德国儿歌中。这样一个被记住的古时传说中蕴含了多少忘却，又托出了多少记性。

　　《柏林童年》使忘却的又被记起，记住的又被忘掉。正是这种交替使人的意识得到了更新。由于这种"'使人清醒的批判'（哈贝马斯语），本雅明成了现代思想家的原型。正是这一点使得他与所有时髦思想对今天和未来具有不同的意义"③。

---

　　①② Detlev Schoettker, *Konstruktiver Fragmentarismus*, *Form und Rezeption der Schriften Walter Benjamins*, 1999 Frankfurt am Main, S. 234, S. 238, S. 239.

　　③ Frederik Hetmann, *Reisender mit schwerem Gepaeck*, *die Lebensgeschichte des Walter Benjamin*, 2004 Weinheim Basel, S. 276.

有关此译本的一些说明：

本雅明1932年开始写作本书，最初是应当时《文学世界》杂志之约写《柏林纪事》，后来则在此基础上写成了本书，1938年完稿。前者约有五分之二的内容在该书中得到了体现，但写作方式完全不同。两部文稿都是在作者身后才得以出版。

本雅明亲自整理并命名为《1900年前后的柏林童年》的书稿至少有三部，1950年阿多诺整理出该书稿交给苏卡姆出版社出版时，那三稿都还没有被发现。当时，阿多诺是根据散见在本雅明遗稿中的部分篇章以及三十年代已经由报纸和杂志发表的部分整理成了一部书稿。在这部文稿中，由于当时对本雅明该书稿的本来顺序一无所知，阿多诺只能自己排序。

1972年，莱克斯茹特（Tillman Rexroth）在编《本雅明全集》时又将此间新发现的本雅明该书稿的其他章节收入其中。因此收入《本雅明全集》里的《柏林童年》要比阿多诺整理的稿子完善。

1981年人们在巴黎国家图书馆又发现了大量本雅明1940年离开该城市前偷偷藏在那里的手稿，其中就有1938年写成的《柏林童年》的最后稿（die Fassung letzter Hand）。1989年苏卡姆出版社重印该书时就启用了这一稿。同年，该稿也被收入《本雅明全集》第Ⅶ-1卷中。这最后稿表明：本雅明一直没有放弃单独出版该书的念头。

1988年人们又见到了本雅明该书的另一成稿，同年根据该成稿在德国又出版了一个单行本。由于该稿一直被保存在德国的基森市，所以被标之以《柏林童年》基森版。该稿源于当时柏林的一个律师，布莱希特的朋友多姆科（Martin Domke）之手，本雅明在1931年曾由他约稿为一套题为"利希登堡书系"（Lichtenberg-

Bibliographie)的丛书写稿。二十世纪六十年代中叶，该稿经由加拿大的一个古董商转到了德国基森大学的德国文学研究所，此后便一直被保存在该研究所，直到1988年才公之于世。研究界普遍认为，该稿应该是本雅明此书最早写完的成稿。

　　鉴于基森版与最后稿在内容上有明显的不同，而且都是经本雅明亲自整理出的，一个出自该写作的早期，一个出自晚期，因此特将这二稿一并译出。前者据德国苏卡姆出版社2000年出版的该书同名单行本，后者据该出版社1989年出版的《本雅明全集》第Ⅶ-1卷中的同名文稿译出。

译者2006年夏识于哈尔茨山麓寓所

第一稿（基森版）

哦，那烤得焦黄的胜利纪念碑 *，

浸染着冬日童年里的甜蜜！

---

* 胜利纪念碑系 1873 年为纪念普鲁士在统一战争中对丹麦、奥地利和法国的胜利而建在当时国会大厦前广场上的一座 67 米高的柱碑。1938 年，希特勒将其移到了布兰登堡门西面的"六月十七日大街"上，使之成为纳粹沿该大街行进的中心点。如今，该纪念碑成了柏林市中心的标志性建筑。——译者

姆姆类仁

有一首古老的儿歌曾提到过类仁姑母(Muhme Rehlen)，由于我当时不知道姆姆(Muhme)是什么意思，所以这个人物对我来说便幻化为一位精灵:姆姆类仁(Mummerehlen)。这样的误解使我看不清世界的面貌，但却富有积极意义，它让我踏上了通向其内里的路途。就事物的内里而言，任何外在的变动都是合理的。有一次，我偶然旁听到人们谈论铜版画(Kupferstich)。第二天我便将头放到凳子底下，以为那便是一幅铜版画(Kopf-ver-stich)。[①] 如果说我由此将自己本身和词语的意思改变了，那么，我只是做了必须做的事，以使自己能在生活中立足。我抓住时机学着把自己裹入(mummen)[②]到那些本似云雾般的模糊词汇之中，这种发现相似东西的天赋其实不外乎是过去那种强制行为的微弱残余:变得相像并控制自己的行为。这种强制由语汇向我施加，那些语汇不是把我变成有教养的典范，而是使我与居所、家具和服装相像，唯

---

① 德语中"铜版画"(Kupferstich)一词的发音类似于"藏起来的头"(Kopf-ver-stich)。——译者

② 德语动词"裹入"(mummen)恰好与名词"姑母"(Muhme)发音相同。——译者

独从不与我自己相像，因此，每当有人要我放松地展现自己的自然形态时，我会非常不知所措。那是有一次在拍照时碰到的情形。当时我的目光仿佛被亚麻布景、坐垫、灯座夺走一般，这些东西就像阴间的影子渴望得到献祭动物的血脉一样意欲将我的成像拉入自身。最终，人们给了我一张上面简单画着阿尔卑斯山的图片，并将我必须举着羚羊胡小帽的右手放在云彩上方，将横贯的雪峰置于阴影之上。然而，较之于从室内棕榈树阴影中我那小孩脸上展现出的阴沉沉目光，这个阿尔卑斯山小孩嘴角刻意展露的微笑还没有那么郁郁不振。那些室内棕榈树见诸摄影师工作室，这样的工作室由于里面有小板凳和三脚架、织花壁毯和画架而有些像密室和刑讯室。我站在那里，没有戴帽子。左手以熟练的优雅动作托着一顶巨大的墨西哥宽边草帽，右手拿着一根拐杖，正面可以看到拐杖向后倾斜的球形捏手，捏手后端是一束在花园工作台上被安上去的鸵鸟毛。妈妈身着束腰紧身服，紧张地站在画面外的门卫身旁。她像一个裁缝师那样打量着我到处配有饰带的整个外套，那身外套好像是从一本时装杂志上模仿来的。而我本人却由于要和四周一切相应而变了样。我在家里就像贝壳里的一个软体动物栖身于十九世纪一样，现在回想起来，那时空洞得像一只空空的贝壳。我把它放到耳边，听到了什么？听到的不是战场上轰轰的炮声，不是奥芬巴赫①的舞剧音乐，也不是工厂主的嚎啕声或中午股市大厅里传出的叫喊声，甚至也不是石子路面上的马蹄声或卫兵仪仗队的进行曲。不，我听到的是被从铅皮桶放入铁炉中

---

① 奥芬巴赫(Jacques Offenbach，1819—1880)系德国歌剧音乐作曲家，后入法国籍。——译者

的灰炭燃烧时发出的短促的咝咝声，是煤气灯被点燃时发出的闷闷轰响，是街上车辆经过时灯罩碰撞铜箍发出的叮当声。此外我还听到一些其他的声音，比如钥匙圈的叮当声和前后楼梯的门铃声。最后，我还听到了那首短短的儿歌。"我想跟你讲述一些东西，一些有关姆姆类仁的故事。"诗歌的词句虽然走样了，但是它能体现我童年被扭曲了的整个世界。我第一次听到那些歌词时，以前在里面的那位类仁姑母已经不明去向了，而姆姆类仁则更难找到。偶尔我猜想她栖身在盘子上的猴子图案里，那图案游弋在大麦粥或西米粥的热气中，我喝下那些粥只是为了能看见盘底的猴子图案。也许她居住在姆姆湖①里，那静静的湖水就像一幅灰色的披肩将她裹住。对于她我不知道人们向我讲了——或只是想讲——什么。她是无声地吸引着人的小碎片，就像小玻璃球里的雪片一样飘居在事物的内里，有时我自己也被带入其中，那是每当我用水彩描画时发生的情形。我调出的色彩将我也带入其中，在我准备用这样的色彩描画之前，它已经将我裹入其内。当这些湿润的色彩在调色板上交互渗透开来的时候，我小心翼翼地将它们沾到毛笔上，仿佛它们是一些正散走的云层。可是，我画的所有东西中最爱画的是中国瓷器。那些花瓶、瓦罐、瓷盘和瓷桶无疑只是一些廉价的东方出口物，但它们都有五彩缤纷的外观。这些东西如此地吸引着我，仿佛我那时已深明那故事的要义。这么多年后的今天，这故事又一次引领我去开启姆姆类仁之谜。该故事源自中国，讲述的是一位向友人展示他新作的老画家。画面上画着一

---

① 姆姆湖（Mummelsee）系位于德国巴登-符腾堡州黑森林北部的一个小湖。——译者

个花园,池塘边一条狭窄的小径穿过下垂的树枝通向一扇小门,门后是一间小屋。当朋友们四处寻找这位画家时,他不见了,他在画中,慢悠悠地沿着那条狭窄小路走向那扇门,静静地在门前停住脚步,侧过身,微笑着消失在门缝里。我用毛笔描画碗盆时也曾有一次像这样进入到画中,随着一片色彩我进入到了那瓷盆中,觉得自己与那瓷盆无异。

动物花园①

对一座城市不熟,说明不了什么。但在一座城市中迷失方向,就像在森林中迷失那样,则与训练有关。在此,街巷名称听上去对那位迷失者来说必须像林中干枯嫩枝发出的响声那样清脆,市中心的小巷必须像峡谷那样清楚地映现每天的时辰。这样的艺术我后来才学会,它实现了我的那种梦想,该梦想的最初印迹是我涂在练习簿吸墨纸上的迷宫。不,它们不是最初的印迹,因为在它们之前还有一个延续更久,里面并不缺阿利亚德娜②的迷宫。它里面的路跨过了本德乐桥③,这座桥缓缓的桥拱对我来说成了第一座"山坡"。离"山脚"不远的地方是我的目的地:弗里德里希·威廉国王和路易丝王后。他们就像被前方水槽留在沙地上的神秘曲线紧紧吸住一般置身在一个圆形底座上,周围的一片花圃将他们醒目地托出。面对这两位统治者,我更关注他们的底座,因为底座上

---

① 动物花园(Tiergarten)系柏林市中心一片占地 212 公顷的森林公园。十八、十九世纪时为皇家狩猎森林,后来对一般市民开放。——译者

② 阿利亚德娜(Ariadne)系希腊神话中克里特王弥诺斯的女儿。她用小线团帮助情人逃离了迷宫。——译者

③ 本德乐桥(Bendlerbruecke)系柏林动物花园附近的一座桥。——译者

发生的事离我更近,虽然我那时还不清楚这些事的来龙去脉。我早就从它那宽大、看不出有任何特殊之处而平庸无比的前广场上看出这个迷苑定有一些非同寻常的东西,而且这个离那条走豪华马车和出租马车的林荫大道仅几步之遥的前广场正是这座花园最奇妙的部分所在。对此我很早就已有了预感。阿利亚德娜一定曾在这里或距此不远的地方待过。在她的附近我第一次(而且永远不会忘记)领悟到了那后来才得以诉诸言语的东西:爱。可惜,在它的源头直接出现的是那位"小姐"①,她以冷冷的阴影笼罩着它。这个对孩童们来说看来比任何其他公园都要敞开的公共花园,就这样用一些难以理喻、无从入手的东西对幼时的我隐去了它真正的面容。对于池塘里的各色金鱼,儿时的我很少能够加以辨识;对于"宫廷猎手大街"这样的名字我本以为很有意思,而结果却让我大失所望;多少次,我徒劳地寻找过那片灌木,在那儿我明明曾看到过一座如同七彩积木箱般有红色、白色、蓝色尖顶的小卖部;每当路易·菲迪南(Louis Ferdinand)王子雕像下的第一丛藏红花和水仙花开放时,我对王子的爱戴总是随着春天的离去而返回。一条小溪将我和花丛中的王子隔开,使得他们对我来说显得如此地可望而不可即,仿佛立于一顶玻璃罩下。高贵立于冷艳。我终于明白,为什么那位死去前一直坐在我邻桌的路伊丝·冯·蓝岛(Luise von Landau)注定是住在那片小小野草地斜对面的绿茨福河岸②,这片野草地上长着的鲜花被运河流水滋润着。后来我又

---

① 指本雅明儿时的一位女教师。——译者
② 绿茨福河岸(Luetzowufer)系市区运河边离动物花园不远的一处河岸。——译者

发现了一些新角落;也从别人那里懂得了不少东西。但没有一个
女孩,没有一次经历,也没有一本书能够给我讲述这些新东西。直
到三十年后一位熟悉柏林、号称"柏林老农"的朋友和我一样在长
时间远离这座城市之后回归故里,在他的引领下,我们沿小道穿行
于这座花园,将沉默的种子撒满它的小径。他在前面走上陡峭的
小路,小路越来越陡。这条路即便还不会将我们引向"众生之母",
但肯定会引向这座园林的"花园之母"。那位"老农"踏过沥青路,
脚步激起阵阵回响。我们走过的石子路上有煤气路灯照射,那灯
光显得暗黑而迷迷蒙蒙。花园别墅里那窄小的阶梯,柱式前厅,雕
饰花纹,以及柱顶过梁——首次被我们逐一按照其原有的样子加
以辨认,尤其那楼梯间,里面的窗玻璃还是老样子,虽然居室内部
已经变化很大。我至今还记得楼梯上的那些诗句,每次我放学后
爬那楼梯中途停下时,那些诗句便填补了我心跳的间隙。它们从
窗玻璃上朦朦胧胧地沁入我的眼帘,玻璃上画着一个女人手握花
环,像西斯廷圣母一样飘逸地从壁龛走出。我将书包带用拇指勾
着甩到肩后,边喘气边念道:"劳动是公民的光荣,幸福是辛苦的酬
劳。"楼下的大门"嘘"一声关上了,就像落入坟中的魂灵回到了屋
中。外面可能下着雨,一扇彩色窗棂敞开着,那阶梯随着雨点的节
拍继续往上延伸。那里的卡尔雅蒂德和阿德兰特①,男童塑像和
果树女神当时都曾注视过我,然而,它们下方此时使我觉得最亲切
的是那积满尘埃的男女看门神,它们守护着入世之门或是屋宇的
门庭。它们将等待看作是自己的使命,不管是等待一个陌路人,等

---

① 卡尔雅蒂德(Karyatide)和阿德兰特(Atlant)系西方古典建筑中的神像
柱,前者为女性,后者男性。——译者

待旧神的重归,还是等待那个三十年前背着书包从它们身边溜过的小孩,它们都一如既往。在这些雕像的映衬下,柏林的老西区成了古代的西方①。从那里来的西风吹向兰德维尔运河②里的拖船,它们载着赫斯佩里登③的苹果沿着运河慢慢向这边驶来,泊在了赫拉克勒斯桥④边上。此时,像在我童年时代那样,长蛇⑤星座和馁梅亚狮座(der Nemeische Loewe)此时又在大星座⑥周围的丛林中各居其位了。

---

　　① 十九世纪末开始,柏林城区快速向西部拓展,到了本雅明童年时代的1900 年前后,原来的城西已不再是严格意义上的城西了。——译者
　　② 兰德维尔运河(Landwehrkanal)系一条由东向西在南边流经柏林动物花园的运河。——译者
　　③ 赫斯佩里登(Hesperiden)系希腊神话中看守金苹果园的众女神。——译者
　　④ 赫拉克勒斯桥即直布罗陀海峡大桥。赫拉克勒斯(Herakles,Herkules)系希腊神话中的大力神。——译者
　　⑤ 长蛇(Hydra)系希腊神话中的九头怪蛇。——译者
　　⑥ 大星(der Grosse Stern)系一星座名。柏林动物花园里胜利女神之柱所在地的圆转盘也被称为"大星座"。——译者

西洋景

观看西洋景中的画面时尤其吸引人的是,不管你在哪个位子坐下开始观看都是一样的,因为银幕和座位都是按照圆形展开的,所以每幅画面都会走过每个座位。人们坐在这样的位子上通过两个洞口观望里面映现在远处黯淡背景上的画面。不管怎样,总会有空座,尤其在我童年将要过去时,西洋景已渐渐不太时兴了。那时,人们习惯在半满的棚子里周游世界各地。后来,音乐使人在看电影作周游时显得慵慵欲睡,因为它破坏了畅想正在接近的画面——这样的音乐在西洋景里没有。我倒觉得西洋景里的那种本来有点儿吵人的微弱声响比所有那些造作而故弄玄虚——用丧礼进行曲为绿洲田园或残垣废墟配乐——的音乐要好,那是一种铃声。每当一幅画面颤颤地跳离时,会先出现一个空格,以便给下一幅留出位置,那时就会出现几秒钟的铃响。每当这样的铃声响起时,巍巍山峦从上到下,都市里那明净的窗棂,远方那如画般的土著人,火车站泛黄的浓烟,葡萄园里的每一片藤叶都深深地浸透了充满感伤的离别情调。我再一次确信(因为前面每次看那第一幅画时几乎都这样),就凭这一轮观望无法将那些美景佳处一览无余。于是我决定第二天再来——可是从没有付诸实施。就在我还犹犹豫豫时,只是被那木柜与我隔开的整个后面的布景晃动了起来,小框框里的画片随即晃晃悠悠地向左侧消失不见了。这些较长时间盛行的西洋景艺术诞生于十九世纪。不会再早,但正是彼德迈耶尔风格①流行的时期。1822 年,达盖尔②在巴黎推出了他的全景画观赏棚。自那以来,这种发出清晰亮光的棚子,这种将未来与过去集于一身的透明观赏物就出现在繁华街市和林荫道上。乐于在书报亭逗留的故作风雅者和艺术家同样乐于待在这样的地方。以后,这些地方就成了小孩在里面迷上地球仪的厢馆。在地球仪的圆形线中最令人愉悦的线形——那最美妙、画面最多姿的子午线——整个地见诸西洋景。在我头一次踏进那观赏棚时,欣赏优美城市景象的时代早已过去,但观赏全景画的迷人之处丝毫未减。小孩是这种观赏的最后观众。因此,当我有天下午面对那座透明清晰的叫做埃克斯③的小城时,小孩子们会对我说,我不是曾有一次在那透过梧桐树叶照在米拉波广场上的棕绿色光线里游戏过吗?当然,那是我生命中绝无仅有的一段时光。因为旅行让人觉得非同寻常的地方在于,旅行时邂逅的遥远世界并不一定是陌生的,并且它在我身上引发的渴望并不一定是诱人的要进入陌生之地的欲望,有时更是那种默默地要回家的愿望。这也许是煤气灯光线引发的效果,那光线是多么柔和地洒向四处。要是下雨,我便没必要在那块告示牌前停留,牌上有两行字,它会以五十为一轮及时标出正在放映的五十幅图片。——我走到放

----

① 彼德迈耶尔风格(Biedermeier)系 1815—1848 年间盛行于德国的一种艺术潮流。——译者

② 达盖尔(Louis Daguerre,1787—1851),法国画家,摄影发明者之一。——译者

③ 埃克斯(Aix)系位于法国南部的一座小城。——译者

映棚里面,于是发现那里挪威海岸边峡湾里椰树下的那种光亮和晚上我做家庭作业时照亮斜面书桌的灯光是一模一样的。有时灯源系统会突然出故障,于是便会出现那种罕见的微光,微光中那美妙景观里的色彩完全消失。这时它默默静卧于灰色天空之下。即便此时,我只要稍加留意,似乎还是可以听到其中的风声和钟鸣。

胜利纪念碑

　　它矗立在宽阔的广场上，就像月历上被描红的日期。随着最后一个色当纪念日①的到来，人们本应把它撕下。我小时候，一年中要是没有色当纪念日是无法想象的。在色当战役结束后就只剩下每年的阅兵式了。因此当 1902 年克吕格尔大叔②在布尔战争③失败后坐车行进在陶恩特钦恩大街④时，前去瞻仰的人群里也有我和我的家庭女教师。这位头戴大礼帽，靠在软垫上的先生曾"指挥了一场战争"，对这样的人无法不钦佩。人们都这么说。而我当时觉得这样的事虽然很荣耀，但并不是完满无缺的；如果这个人"指挥了"一头犀牛或是一头单峰骆驼而赫赫有名，那又会是怎样？色当战役之后还能有什么伟业出现呢？随着法国的战败，世界历

---

　　①　色当纪念日（Sedan）系指普鲁士军队在色当战役战胜法国的日子，那是 1870 年 9 月 1 日。在第一次世界大战期间，该纪念日被废除。——译者

　　②　克吕格尔大叔（Paulus Kruger, Ohm Krueger 1825—1904）系南非政治家，1902 年领导了布尔人（南非的荷兰后裔）抵抗英国人。——译者

　　③　布尔战争系克吕格尔领导的那场布尔人对英国人的战争。参见注释②。——译者

　　④　陶恩特钦恩大街（Tauentzienstrasse）系位于柏林市中心的一条主要街道。——译者

史像是沉入到了它辉煌的坟墓中,这胜利纪念碑就成了竖立其上的墓碑,那些胜利大街①都通往这个墓地。我小学三年级的时候曾登上那宽宽的台阶,阶梯通向纪念碑上那些大理石雕成的君主们,事先丝毫没有想到,这个露天阶梯会使我后来立刻觉得与有些尊贵的阶梯没什么两样。接着,我转向从左右两边为纪念碑背面添彩增色的那两位随从,这部分是因为这两个随从雕像所处的位置比其主子低一些,因此可以很方便地让人尽收眼底;部分是因为我很清楚地知道我父母离当下统治者并没有远到哪儿去,就像那碑上的两个随从离他们当时的主子不远一样。然而,一切中我最喜欢的是那位以他特有的方式填平了位于小学生与国家政要之间那难以丈量之沟壑的人物,那是位用手托着由他掌管之大教堂的主教。他手中的大教堂是如此的矮小,因此我也能用石制积木搭出这样的大教堂。接着在我每次看到圣女卡特琳娜②的雕像时,没有一次不去看一下她的轮子;每次看到圣女芭芭拉③时,没有一次不去注意一下她的塔楼。人们觉得应该向我解释胜利纪念碑上雕饰物的由来。但我没有完全搞懂那些作为饰物的炮筒究竟意味着什么:是法国人当初推着用金子做的大炮进入了战场?还是这些大炮由我们用从他们那里拿来的金子做成的?同样的情形也出现在我那本精心制作的画册里,那本有关这场战争编年的绘图本。它使我长时间难以放下,因为一直没有被完成。我对这样的事很

---

① 胜利大街(Siegesallee)系胜利纪念碑周围伸展开的道路。——译者

② 圣女卡特琳娜(Heilige Katharina)在公元307或312年被罗马皇帝以轮刑处死。施刑时轮子却自行崩裂。自此轮子成了这位圣女的象征。——译者

③ 圣女芭芭拉(Heilige Barbara)在公元306年被以从塔楼扔下的方式处死。由此,塔楼就与她的名字连在一起。——译者

感兴趣,因此对那场战争的进程非常了解。尽管如此,由于该画册的封面嵌上了金色,我还是对之失去了兴致。然而,更让我反感的是作为胜利纪念碑底部之回廊中,那批湿壁画上的金色泛出的微光。我从未踏进过这个被从墙上反射出的微光充溢着的回廊。我担心在那里看到一些我总是满怀惊恐地在多雷①为但丁《地狱》所作的铜版画中看到的场景。我感到,那基座回廊里闪烁出辉煌业绩的英雄们,与被飓风抽打、被树桩碾得血肉淋漓、被大块冰山冻住、在昏暗的坑道里受罚的那帮人默默地一样声名狼藉。因此这个回廊其实就是地狱,是对碑顶上面光彩夺目之胜利女神周围受到恩宠的那群人的有力反衬。有时候回廊上会站立着一些参观者,在天空的映衬下,我觉得他们就像我贴画本里描上黑框的人物。在描完这样的黑框之后,我不正是手拿剪刀和胶水,只是为了将那些小偶像贴到大门上、花束后和梁柱间或我乐意的随便什么地方吗?上面回廊里的人群在天空阳光的映照中就是这无邪的任性刻意造就的。围绕他们的是永恒的星期天,或者只是那永恒的色当纪念日。

---

① 多雷(Gustave Doré,1832—1883),法国画家。由于为《圣经》以及其他文学作品作插图而闻名。——译者

电话机

　　不知是由于电话机构造本身还是由于记忆的缘故——可以肯定的是,小时候最初通电话时,话机里的回音听起来和今天的就很不一样。那是一种夜晚的声音,没有缪斯为它报信。那声音所出自的夜完全就是万物诞生之前的那个夜。潜藏在电话机里的声音就像是一个新生儿。电话机是与我同日同时生的孪生兄弟。因此我亲身经历了它在其辉煌发展的最初几年是如何顶过怠慢的。后来,当枝形吊灯、壁炉屏风、盆栽棕榈、着墙托架、雕花灯台和飘窗护栏这类曾在客厅里称雄的东西早已退出和销声匿迹时,电话机便告别了阴暗的过道,耀武扬威地迁入了年轻人居住的光线充足而明亮的房间,就像传说中被放逐山谷又凯旋的英雄一样。对年轻人来说,电话机成了他们寂寞中的安慰,它给失望地要告别这个肮脏世界的厌世者带来了最后一线希望,与被离弃的人分享床褥。它也正想将当初遭放逐时被认为刺耳的声音变成温馨的声音,这之所以可能,是因为大家在眷恋着它或像有罪之人那样颤颤栗栗地期待着它的铃声响起。如今许多使用电话机的人并不知道它刚出现时曾在家庭内部造成了多大的灾难。每当哪位同学中午两点到四点打电话给我时,那电话铃的响声听起来就像是警报声,它不单单骚扰了我父母的午休,而且还使他们感到可以心安理得地午休的那个历史时代受到了侵袭。对此,父亲与有关管理机构看法不一的情况常常发生,他甚至在投诉机构威胁对方并怒气冲冲地大发脾气。而父亲真正的发泄对象其实是那个电话机手柄。他摇那手柄可达几分钟之久,简直到了忘乎所以的地步,这时候他的手就像一个沉浸于迷狂状态的穆斯林僧侣那样无法控制。而我却心惊肉跳,我肯定,此时电话机那头没有处理好该事的女话务员会受到被手柄摇出的电流击倒的惩罚。那个时候,电话机受到了压制和排斥,它被挂在过道深处不起眼的角落里,一边是摆放脏衣服的箱子,一边是煤气表。在那里,响起的电话铃声放大了柏林市公寓本来就具有的恐怖。每当我为结束那急促难忍的铃声而经过许久摸索,穿过暗黑的过道显得软弱无力地去拿下那两个哑铃那么重的听筒将头嵌入其间时,我便毫无选择地只有听任话筒里那个声音的摆布了。没有任何东西可以削减话筒里的这个声音对我难以抵御的强行操控,我无力地承受着它对我就时间、计划以及义务所进行思考的掠取以及对我特有想法的摧毁。就像由彼岸操控之声音所依附的载体也在俯首听命一样,我也完全听从了电话机那头向我发出的第一个最佳建议。

捉 蝴 蝶

　　我还没上小学的时候,我们每年都去郊外的夏季别墅住上一段时间,而且偶尔还会在夏天外出旅游。以后很长一段时间里,我少年时卧室墙边那个存放我早年收集之蝴蝶标本的大箱子还让我想起那些别墅。那些标本中最早的几帧是我在酿酒山山间别墅的花园里采集的。边部已经碰坏的甘蓝菜白粉蝶和翅膀有点亮过头的黄翅蝶,让我回到了那令人兴奋不已的捕猎日子。那时候我经常不知不觉地被飞舞的蝴蝶从整齐的花园小道引到荒野。荒野里,清风与花香、树叶与阳光仿佛在矢志给蝴蝶的飞舞提供帮助,面对这样的情景我完全陶醉。几个蝴蝶扑簌扑簌地飞向一支花朵,停在了上面。我举起捕猎网,只等花朵魅力对蝴蝶双翅的驱停效力真正出现。可是,那柔软的小身躯却轻轻拍动翅膀从侧面溜走了,同样无动于衷地停在另一支花朵的上面,然后又像刚才一样,不碰一碰那朵花就突然飞去。每当这些我本可以轻易抓到的狸蝶或水贞蝶用犹豫不定、摇摇摆摆和稍许逗留来捉弄我时,我真想让自己隐身于光和空气,以便能不被察觉地靠近那猎物,将它擒获。后来,我的这个愿望是这样付诸实现的:我让自己随着我所迷恋的那对翅膀的每次舞动或摇摆而起伏。那个古老的猎人格言开始在我们之间起作用：我越是将自己每一根肌肉纤维调动起来去贴近那小动物，越是在内心将自己幻化为一只蝴蝶，那蝴蝶的一起一落就越近似人类的一举一动，最后擒获这只蝴蝶就好像是我为返归人形而必须付出的唯一代价。每次终于抓住了蝴蝶以后，我总要穿过一条很难走的路才能回到放着标本箱的地方。箱子里装着乙醚、药棉、彩色大头针，还有镊子。此时，我身后的那个猎场是多么地狼藉不堪！草都倒了，花被踩折了。那个猎人也将自己的身体连同捕蝶网一起抛出。面对如此的破坏、野蛮和粗暴，那只受惊的蝴蝶战战兢兢，却依然充满妩媚地躲在网中一个褶起的部位。在这艰难的回营路上，那些死去物的生灵进入了猎人的意识之中。从蝴蝶与花在他眼前交流的那种陌生语言中，他领悟了一些天则。于是他的杀生欲减退了，而信念则得到了很大的扩充。那只蝴蝶当时飞舞其中的空气今天全被一个名字浸透了。几十年来我再没有听谁提起过它，我自己也从未说起。其中蕴含着一些无以名状的东西，正是这种无以名状使成年人对孩提时代的一些名称无以探究。对这些名字的长时间沉默使它们变得神圣了。因此，满是蝴蝶的空气中颤颤巍巍地飘忽着这个名字：酿酒山。位于波茨坦边上的酿酒山山上有我家的夏季别墅。但这个名字已失去了它原有的一切吸引力，当年山上的酿酒场今天已彻底没了踪影，如今，它顶多是一座由蓝色①烟雾缭绕的山丘。每到夏天，它就从地面耸出，以使我和父母能在上面居住。因此，我童年时代波茨坦的空

---

① 德语中"酿酒场"（Braeu）与"蓝色"（Blau）发音相近。——译者

气是如此的蓝，好像飞舞于其中的悲衣蝶、红峡蝶、晨光蝶和粉蝶被散布在一只利摩吉城①的景泰蓝碟子上，这种碟子会在深蓝底色的映衬下展现出耶路撒冷的平屋顶和城墙。

出游与回归故里

夜晚，在有人还没有入睡时照在卧室门上的光线不就是那最初的出游信号吗？它不就是闯入充满憧憬的儿童夜间世界的光线吗？就像后来舞台帷幕上的光圈闯入了公众的夜间世界一样？我觉得，那时将人接走的梦幻之船常常是冲破了嘈杂人言的巨浪和拍打海岸的惊涛在我们床前摇晃，并在一清早将我们放下船，那时我们是如此地心旷神怡，仿佛已乘完了本该现在才应去乘的那一程。那是在沿德维尔运河前行的嘎嘎作响的马车里完成的，车里我的心情突然变得沉闷，那绝不是由于有人上来或下去，而是由于那尴尬无聊地挤坐在一起慢慢使我产生了悲哀可怜的感觉，而且这种状况没完没了，不会被出游的气息吹跑，就像晨曦里没有退去的某个幽灵一般。但是，这种悲哀感并没有延续很久，因为在车驶过萧塞路（Chausseestrasse）之后，我很快便又想着我们的火车旅行。从那开始，科塞若（Koserow）和维宁施塔特（Wenningstedt）的沙丘就在这里的尹法理登街（Invalidenstrasse）汇在了一起，斯特蒂纳火车站（Stettiner Bahnhof）的大量沙石也在这里与其他交汇。而目的地大多是在早晨到达的，也就是所谓的"避风港"，按其字面的意思即火车的娘穴（Mutterhoehle）。在那里火车头到了家，而火车必须停下来。没有任何一种远会有雾气中两根轨道交接在一起的地方远，而先前看清的近处也随之退隐。在回忆面前，居室是有所变样地展现出来的。在我们刚把脚踏上要乘坐的德国铁路局火车车厢的踏板时，随着地毯被卷起，枝形吊灯被收进麻布袋，沙发被罩好，随着昏暗的光线从百叶窗透进，回忆便给对生人脚步、对不自然步态的揣测提供了空间，那生人也许不久就会轻声轻气地掠过过道，在一小时前周密撒好的粉末上留下行窃的痕迹。因此我每次度假返回时都会觉得自己像是一个无家可归者。但是，里面已点着灯——而无需自己去点燃——的最后一处地窖洞穴对我来说较之于我家西面已变暗的居室却是令人羡慕不已的。所以在我从邦辛（Bansin）或哈能克里（Hahnenklee）返回时，那些车站庭院给我提供的庇护地是多么的狭小和令人悲哀，当然，市政当局还是将这些庭院重又纳入管辖之列，仿佛它们在后悔表示愿意给人提供帮助。然而，要是火车在这些庭院前迟疑不进的话，那是因为在我们快要开进去前有个信号出现，禁止我们驶入。火车行驶得越慢，逃到附近我父母居室防火墙后去的希望就变得越渺茫。等所有人下完车所需的数不尽的分分秒秒，至今依然历历在目。有些人也许根本不去在意这时光的点点逝去，就像不去在意庭院里遗留在残墙上的窗棂以及窗后点着的灯火。

情窦初开

在一条我事后夜间常常无休止地漫游的马路上,我惊异地发现:在某种奇异无比的感觉里萌发了对异性的欲望。那是在犹太人的新年,父母决定送我去参加某处的礼拜活动,据我揣测,那好像是一个新教教派的活动,我妈妈出于家庭传统对这样的新教有几分好感。为此大人们特地委派一位远亲送我前往,而我那天不知是忘了这位远亲的住址,还是在他家附近迷了路,反正搞到了很晚很晚,而且我当时漫无目标的乱走越来越表明无望找到他家。这样一来当然也无法在犹太教会堂为我做什么仪式了,因为门票在那位远亲手里。事情之所以变得那么糟,主要原因在于我对那位要听命于他而又几乎不认识的远亲有些抵触,还有我对只会让人不知所措的宗教仪式持有反感。正当我不知所措而没了主意时,一股担心的躁动涌遍全身——“太晚了,犹太教会堂去不成了”——与此同时,就在这股担心还未消失的时候,心中又升起了全然无所谓的第二股涌动——“一切由它去吧,这些都与我没有关系。”这两股涌动直接汇聚在了那首次感到的性欲冲动中,使得对宗教礼仪活动的玷污与马路的撮合私通角色不可分地联在了一起。此时此境,马路首次让我感到它应该为初开的情欲服务。

冬日的早晨

　　每个人都有一个可以许愿的仙女,但是只有很少人还记得他曾许过的愿。因此,一旦日后生活中这些愿望得到实现,也很少有人会察觉到。我记得自己那个被成全了的愿望,我不想说,它比童话里的孩子所许的愿更机巧伶俐。冬天,清晨六点半,当手电筒的灯光向我床头移来,女佣的身影被投到天花板上时,这个愿望便出现在我心头。壁炉里燃起了火,很快那火焰便朝我这里望来,它好像被挤在一个过小的匣子里,被煤块挤得无以动弹。这个与我挨得蛮近的小匣子虽然比我人还要矮小,但正在开始形成那蔚为壮观的火焰,而女佣伺候它时则必须比伺候我时更低地弯下腰。这些事做完后,女佣就将一只苹果放进炉膛里烤。很快炉门的栅栏就被跳动的红色火焰映在楼板上。倦意依然的我面对这样的画面感到这一天已经别无他求了。冬天早晨的此刻都是如此,唯有女佣的声音打搅了我那时与卧室内物件的亲近过程。在百叶窗还没有被拉起来时,我已经急不可耐地把炉门的插销拉开,要去看看炉膛里的那只苹果怎样了。有时候苹果的气味还一点没起变化。于是我就耐心地等着,直至我觉得已嗅到那泡沫般酥松的香气,它似乎来自比圣诞夜树木的芳香更深、更隐匿的冬天角落。那只苹果,那个幽黑而暖暖的果实就躺在那里，它是多么熟悉但还是有所变样，就像一个长途旅行之后回到我身边的好友一样。那是在漆黑炙热的炉火之邦的旅行，这炉火将我一天所能遭际物的所有香气都浸染在这只苹果中。因此，每当我捧着那只两颊发亮的苹果而手心感到暖烘烘时总是迟疑地不愿咬下去，也就不足为奇了。我感到，苹果的香气里含有着隐隐的传达，一旦咬下去，它就太容易从我舌尖溜走了。这种传达有时还会久久地勉励我，甚至在去学校的路上还会给我慰藉。到了学校，似乎已经消失的整个疲倦在我碰到书桌时自然加倍地向我袭来，随之而来的是这样的愿望：要好好睡个够。我应该已千百次地许过这个愿，而且这个愿望后来真的实现了。但是经过了很长时间，直到对能有个工作、有个固定收入的希望总是落空时，我才意识到这一点。

斯德格利兹尔街与根蒂纳尔街交汇处的街角

那时，每个人的童年中都会出现这样的姨妈形象，她们已经不再离开自己的房子了。每次我们和妈妈一起去看她们时，她们总是已经等候在那里，总是戴着同一顶黑色小帽，穿同一件真丝外衣，总是坐在同一把靠椅上，从同一扇挑楼飘窗里向我们示意。就像仙女无需落下就能使整座山谷映现她的身影，无需亲临战阵就能统辖整个街区一样。雷曼（Lehmann）姨妈就属于这样的人。雷曼这个本分的北德家姓使得她可以当之无愧地一辈子固守在这座高悬于斯德格利兹尔街与根蒂纳尔街交汇处的挑楼上。这个街角属于几乎没有被三十年来的城市变迁波及的那一种。只是在此期间，街角那幅对于那时还是孩子的我笼罩着的面纱已经落下：那时我没有将这条街读作斯德格利兹尔，而是叫成"金翅雀"①。而雷曼姨妈不正像一只会说话的鸟儿住在她的笼子里吗？每当我走进这个笼子时，里面往往已经充满了那只黑色小鸟叽叽喳喳的声音，她曾经飞遍了自己家族分布在各地的所有巢穴和农庄，将农庄和

---

① 作为街名的"斯德格利兹尔"（Steglitzer）与德语中"金翅雀"（Stieglitz）发音相像。——译者

27

家族的名称——当时两种名称往往完全相同——都记在脑中。姨妈熟知逊弗利斯，拉维策尔，兰兹贝尔格，林登海姆，还有斯达加德这些家族之间的亲属关系、所住地点以及吉凶大事。这些家族过去曾以牲口和谷物贸易为业居住在麦尔克斯和麦克伦堡地区，而他们的儿子，或许已经是他们的孙子现在则定居在柏林的老西区。这里的街道以普鲁士将军或者有时也以居民们所来自的小城命名。很多年以后当我坐着快速列车从这些偏僻的小城急速穿过时，我常常从铁路路基这边朝那些小屋、庭院、谷仓以及山墙望去，并且问自己：我小时候去探望的那些老姨妈的父母们，当时不顾时间的演递而抛在脑后的或许不正是眼前这些东西的影子吗？——那里，一个沙哑而有点含糊不清的纤细嗓音在向我问好。然而对我来说，没有任何问好的嗓音像雷曼姨妈的声音那般细腻，那般沁入我心田。我还没有跨进门槛，姨妈就开始忙忙碌碌地招呼人将一个大大的玻璃箱子放在我面前，箱子里非常逼真地装着一整座矿山，里面的小学徒工、矿工和工长推着小车，提着榔头和矿灯完全随着钟摆的节奏在走动。这种玩具——如果还可以这样称呼它的话——来自富裕市民家庭的孩子还会对工场和机器感兴趣的那个年代。在那时的所有玩具中，矿山一直是最受喜爱的，因为在那里不但可以找到让人忘记挖掘之辛劳的宝贝，以使所有刻苦辛劳者有所得，而且还可以引发那种与血脉相连的凝神关注，即彼德麦耶尔派中的让·保罗、诺瓦利斯、蒂克和维尔纳①对之着火入迷的

---

① 彼德麦耶尔派（Biedermeier）是一个盛行于 1815—1848 年间的艺术流派。让·保罗（Jean Paul，原名 Johann Paul Friedrich Richter，1763—1825）、诺瓦利斯（Novalis，1772—1801）、蒂克（Ludwig Tieck，1773—1853）和维尔纳（Zacharias Werner，1768—1823）均系德国作家。——译者

那种自然激情。——这种带挑楼的居室就像贮存宝藏的房间所必需的那样是两进的。紧连着楼房正门,过道左侧装有门铃的便是那扇通往公寓居室的门。门被打开后,展现在眼前的是一座陡得让人心惊胆战的楼梯通往上面,这样的楼梯我后来只有在农屋里才见到过。从上面射下一束煤气灯光,幽暗光线中站着一个老女佣,在她的保护下我随即跨过了通向这个昏暗公寓前厅的第二道门槛。要是没有这位老女佣,真是无法想象如何在这样的公寓里居住。由于这样的老女佣和主人共同分有着一份缄默而宝贵的回忆,所以她们对主人旨意的领会有时并不需要由语词来传达,她们懂得如何在每个陌生人面前体面地代表她们的主人。对于我的到来,她能坦然自如地轻易做到这点,对于我的情况她一般都比她的主人更清楚。因此我会用敬畏乃至钦佩的眼光不断地看着她。通常情况下,她们都比其主人们更结实敦厚,不仅在身体方面如此,其他方面也是这样。有时候我觉得,那间摆着矿山玩具和巧克力的沙龙甚至还没有这间前厅有意思。前厅里的老女佣总是在我进门时把我的大衣如释重负地脱下,在我走时又把那顶帽子像为我祝福似的扣到我脑门上。

科诺赫先生与普法勒小姐

在我收藏的明信片中,有几张写了字的那面比有图像的那面在我记忆里留下了更深的印痕,它们上面留有优美而清晰的签名:海伦娜·普法勒(Helene Pufahl)。这是我女教师的名字。名字开头那个字母 P 意指义务(Pflicht)、准时(Puenktlichkeit)和成绩优秀(Primus),f 是听话(folgsam)、刻苦(fleissig)和完美无缺(fehlerfrei)的意思;至于最后那个字母 l 则意味着宛如羔羊般温顺(lammfromm)、值得颂扬(lobenswert)以及勤奋好学(lernbegierig)。

如果这个签名如闪米特语①那样完全由辅音组成的话,那么它不仅会成为完美书法的标志,而且也会成为一切美德的根源所在。普法勒小姐班上坐着的男孩和女孩都来自柏林西区最富裕的市民阶层家庭。但是人们彼此并不那么认真,因而有一个贵族子女误入班中。她的名字叫路伊丝·冯·蓝岛,这个名字不久便吸

---

① 闪米特语(die semitische Sprache)系古代和近代闪米特人的语言。古代闪米特人包括巴比伦人、亚述人、希伯来人和腓尼基人等;近代闪米特人主要指阿拉伯人和犹太人。——译者

引住了我，直至今日这种魔力还依然如故，但那不是异性间的引力，而是因为这个名字是我听到的同龄人中第一个落上死亡重音的名字，那是在我离开这个班之后的事。如今，每当我来到绿茨福河岸时，总禁不住用眼光去搜寻她住过的那座楼。它恰巧与河对岸的一个小花园相对，那花园一直垂向水中。随着时间的推移，那花园便如此深深地将自己与那个吸引我的名字编织在一起，以至于我最终深信无疑地将对面这个不可企及的花坛当作那个死去小女孩的无名坟茔。取代普法勒小姐的是科诺赫先生。就特征来看，他是我父母认为必须及时将我培养成能在皇家军队服役当士官的那种人。科诺赫先生教我们写作课，我的体操课由警官们上。我父母凭直觉相信那些在法院、税务局、警察局执行公务的人。教师中要是有谁能与这样的人相提并论的话，那便是科诺赫先生。他在学校里负命去教育学生的时候，对于那些他已熟悉的班级便让育人的缰绳拖得很长，我所在的班后来就成了这样的班级，那是在我们迁去萨维格尼广场前不久的事。当时，我们的校舍在帕韶街，那与其说是一座校舍不如说是一座被租用的军营。那时在科诺赫先生执教的昏暗教室里发生的事大多让我反感。但有一次并非如此，那不是我目睹的他某次体罚学生的情景，而是一种每个人在其童年时代都会有的实实在在的片刻：那时，一扇紧闭着的大门会高高矗起。他被告知，等他长大懂事后，大门会自行开启。当时我们在上唱歌课，练唱的是《瓦伦斯坦》中的《骑士之歌》："快上吧，战友们，让我们跨上战马，让我们跨上战马！冲向战场，奔向自由。战场上，男子汉价值无量；战场上，他们的心尚需被掂出分量。"科诺赫先生问班上的同学最后一句词的含义应该是什么。当然没人能回答。这好像在科诺赫先生的意料中，他解释道："等你们长大了就会明白。"现在我已长大，而且已站在了科诺赫先生那时向我们展示的那扇大门的里面，但那门依然紧闭着，我无止无息地努力穿过这扇门。

马格德堡广场边上的农贸市场

听到 Markthalle 这个词人们首先想到的并不是农贸-市场
(Markt-Halle)。不,那时有人将这个词念作"塔乐-边区"(Mark-
Thalle)。就像基于不同发音习惯这个复合词往往被读出不同含
义而使之在任何情况下都失去其原有的意思一样,在我穿越这个
市场的习惯方式中,该市场所有通常的画面也变得模糊不清,以致
它不再具有原来买和卖的含义。在推开那扇紧紧的、稍驰即收的
弹簧拉门穿过前厅之后,映入眼帘的首先是被养鱼水和冲洗水弄
得又湿又滑的瓷砖地面,走在上面很容易不小心一滑而踩到胡萝
卜或莴苣叶。在编了号的铁棚屋后面端坐着那些胖得步履艰难的
售货女人,她们是掌管可买卖物品的女祭司,是兜售各种田里长的
和树上结的果实,各种可以吃的鸟类、鱼类和哺乳类动物的集市女
人,是拉皮条的女人。这些被绒线裹着的大块头神秘莫测地在售
货棚之间相互交流着,不管是通过大纽扣闪出的光线,通过拍打围
裙发出的声响,还是通过伴随着胸脯起伏的叹气声。她们裙沿下
在翻腾、簇拥着的不正是真正肥沃的土壤吗?那些野果、硬壳动
物、蘑菇、大块大块的肉和一堆堆白菜之类的商品不正是某个市场
守护神亲自投入她们怀中的吗?她们一边不动声色地心系着这些

被托付给她们的商品，一边又漫不经心地或是靠在木桶上或是将链子松弛的货秤夹在两膝之间，默默地审视着一批批走过的家庭主妇们，这些主妇提着满满的网兜或口袋，艰难地指示着走在身前的小孩穿过又滑又臭的小道。可是当暮色降临，倦意袭来的时候，她们会像耗尽体力的泳者那样全身松塌下来，最终也随着那默默的购物人流一起走向门那里，这人流宛如鱼群瞪眼望着身边这坚硬的礁石般身躯，里面有着软绵绵而悠闲自得的海藻。

发 高 烧

　　我发现每一次生病都是这样开始的,那倒霉的病是以多么稳健的步骤,多么不经意而机敏地侵入我体内。它从不愿招摇过市,开始的时候只是皮肤上起一些斑点,伴有一些恶心的感觉,好像疾病已经绝对习惯了等待,直到医生为它准备好了营寨。医生来了,仔细看了看我,告诫大家重要的是让我卧床休息等候病情的变化。他禁止我阅读,而我本来就还有更重要的事要做。趁着还有时间而且脑子也还没有混乱不清,我开始把将会发生的事在脑中过一遍。我用目光估量着床与门之间的距离,问自己,我还可以多久向门那边的人发出呼唤。我在想象中看见了那只边缘带着母亲的请求的勺子,它先充满关爱地接近了我的嘴唇,后来才原形毕露,把苦涩的药水猛地倒入我的喉中。就像喝得醉醺醺的人用数数和思考问题来证实自己还算清醒一样,我也数着映照在我房间天花板上摇曳的太阳光圈,把墙纸上的菱形图案不断地重新归成一组一组。我小时候常常生病,别人所说的我很有耐心可能由此而来。其实这并不是什么美德,我只是喜欢远远地看着我所关注的那一切渐渐来临,就像我在病床上慢慢等待一切的来临一样。因此,如果不能在火车站长时间地等一下火车的到来,那么旅行对我来说似乎也就缺少了最大的乐趣。出于同样的原因，我也热衷于赠送礼物，因为我作为送礼者可以早早地就预见到对方的惊喜。是的，我内心有一种用等待来面对即将来临的事物的需要，就像病人靠着背后的枕头用等待来面对即将发生的事一样。正是这种需要使得后来那些女人对于我来说越是让我等得沉静和长久，就越发显得美丽。我的床，这个本来最孤寂和清静的地方，现在受到了大家的重视和关注。很长一段时间里，它不再是我夜间那些隐秘活动的场所：比如看闲书和玩蜡烛。这段时间里，我每夜偷偷读完后用最后一点力气藏到枕头底下的那本书不在那里了，"熔岩流"和使蜡烛硬脂熔化的小火源在这几星期中也没有了。是的，生病也许归根结底只不过夺去了我那无声而紧张的游戏，这种游戏对我来说无不充满了隐秘的恐惧——这正预示了我成年以后由那在同样的夜之边缘所做的同样游戏伴随着的恐惧。生病其实是必不可少的，这样我才会有一个纯净的内心。由此它变得如此的清新，就像每晚铺好床后等着我的那块没有一丝褶皱的床单那样洁净。通常都是妈妈为我铺床。我躺在长沙发上看着她怎样将枕头和被子抖了抖，想着那些晚上先帮我洗浴，然后又将晚餐放在瓷托盘上端到我床边的情形。从瓷托盘漆面下画着的野覆盆子枝叶群中钻出一个女人，费力地迎风举着一面大旗，上面有这样一句竞选口号："走到东，走到西，来到家里最欢喜。"对这样的晚餐和覆盆子枝叶花纹的回想由于身体对食物的不屑一顾而令我倍感愉悦。我不思茶饭，但却特别渴望听故事。故事中汹涌的激流席卷过我整个身体，将病体像河中的飘浮物一样带走。病痛宛如一座堤坝，只在开始时对故事的讲述实施了抵抗。后来，故事的力量越来越强大，堤坝便被推倒，被冲到了遗忘的深渊中。抚摸为这股激流备好了床榻。

我深爱抚摸,因为这时从妈妈手中潺潺流出我随即就能听到的故事,这些故事马上会被她不断讲述。从这些故事中我获得了一些对祖先的了解。人们一个劲地向我讲述某位祖先的生平故事或一位祖父的生活条规,仿佛要由此让我明白:放弃这个与生俱来的世家王牌而早早死去太过于仓促了。妈妈每天两次来检查我离死亡已经有多近了。她小心地拿着体温表走到窗前或灯下并如此地对待那只小细管,仿佛我的生命就装在里面。后来我渐渐长大,对于我来说,解读出身体中的灵魂所在并不比读出那根我肉眼难以看清的细管中生命之线的刻度更加困难。量体温着实要折腾一番。量完以后我最想做的事就是一个人独处,跟枕头游戏。在还不清楚什么是山脉和丘陵的时候,我对枕头造成的峰岩已经很熟悉了。由此我其实与那造就山脉和丘陵的魔力已同出一辙了。就这样,有时我让峰岩下面出现一个洞穴,我爬进去,将被子蒙在头上,把耳朵凑向黑乎乎的洞口,间或用由宁静唤起的已听过故事的话语去填补这宁静。有时手指也加入了进去,或是自行排演一场戏,或是组成"百货商店",在由两个中指扮演的"柜台"后面,两个小拇指向我自己扮演的顾客殷勤地点着头。但是,我的兴致变得越来越小,我也越来越无心监督手指的游戏,最后,我几乎不带任何好奇地注视着手指的所作所为。它们就像一群懒散而可恶的社会渣滓,在城市发生火灾时趁火打劫。听信这帮家伙简直不可思议,因为他们虽然天真无邪地结了盟,但不能保证这些家伙会不会像他们悄悄地聚在一起那样又悄无声息地各奔东西,而且他们各自逃走的路有时是禁止通行的。路的那一端是一个甜美的犒劳在吸引着他们,他们跑走时紧闭的眼帘后面那火一般的雾霭中飘浮的正是这诱人的犒劳。虽然我竭尽了努力或百般用心,还是无法使这放着我床榻的房间与外面的家庭生活完完全全衔接上。我必须等到晚上。那时候,手电筒在门被打开之后将它的弧形光圈摇摇晃晃地掠过门槛向我移来,这时,仿佛那个搅动白昼时光的金色生命之球像进到一个偏远的角落那样,第一次找到了进入我这个斗室的路径。在夜晚还没有在我这儿使自己安歇妥当之前,对我来说新的生活已经开始了。这时候,发热的体温在手电光下一刻比一刻高。没有什么东西会比我躺着这一点更能使我从这光线中得到一个别人没有那么快就能得到的好处:我利用我的静卧和我躺着的床与墙之间较近的距离,用光映照在墙上的手影去迎接那片光线的到来。这样,我手指所做的所有那些游戏现在又在墙纸上更加飘忽不定,更加壮观和坚实地重现了。我的游戏书里这样写道:"不要害怕夜间的影子,快乐的孩子利用它们来做有趣的游戏。"接着是一些配有丰富图案的游戏指南:教人们如何在床边的墙上投射出北山羊、掷弹者、天鹅和兔子的影像,而我自己当然除了会做张开的狼嘴巴以外其他都不会。但是,这只狼的嘴巴张得如此之大,以至于我不得不把它当作了芬利斯狼①。我在身处的房间中放出这头狼去毁灭世界,正是在这个房间里,人们将我生病的权利都剥夺了。有一天病退了,病情的渐渐好转就像分娩一样使我与母亲的维系变得不再那么紧密了,尽管我克制痛楚,用发高烧试图再次挽回这种关系。在我的生活中,佣人开始越来越经常地替代着妈妈。一天早上,虚弱的我在间断了很长时间之后重又听到了从窗外闯入的拍打地毯的声音,这种敲击声对那个孩子来说比

---

① 芬利斯狼(Fenriswolf)系北德神话中在世界末日吞食风神、死神、战神的狼。——译者

恋人的声音对于一个男人更沁入心脾。这种拍打地毯的声音是社会底层人，即那些真正成年人专有的发声，它从不会突然中止，总是专注于那件事；有时候它不慌不忙，慵懒无力地恭候任何人的吩咐；有时候它又陷入一种无法解释的狂奔，就像人们匆忙地躲避暴雨。疾病就像悄然到来一样又悄悄地离去了。但是，就在我快要完全忘记它的时候，它却在我的成绩簿上向我发出了最后的示意：簿子的下角标出了我缺课的小时数。可是，它们并不像我病中度过的时光那样灰暗单调，反倒像残疾军人胸前佩戴的功勋带一样色彩斑斓地排列着。是的，成绩簿上的这一排记录在我眼中其实是一列长长的荣誉标志：缺课，一百七十三小时。

旋转木马

载着可骑乘动物的台板紧贴着地面,它恰好处在最适于激发飞行幻想的高度。音乐响起,这个孩子便蓦地离开了母亲滑向前方。起先他害怕离开妈妈,但过后马上发现自己是多么勇敢。他像威严的统治者那样,安然高坐于那属于他的世界之上。在外围的边线上出现了连成一线排成行的树木和当地人。这时候,母亲也出现在了这样一个东方国家里。接着,丛林中冒出了一个树梢,这孩子是坐在木马上才见到了这根树梢,而他却像数千年前曾见过一样望着它。他骑乘的动物对他很忠心:他像一言不发的阿里翁①那样骑在他那一声不响的鱼背上,来到了一头木制的公牛宙斯将他作为纯洁无瑕的欧罗巴拐走的地方。对万物周而复始的信奉早已成为孩子们的智慧所在,而生命也早已成为一种原始的统治狂热,隆隆作响的配器处于这种狂热的中心位置。随着乐声缓缓放慢,世界便开始结结巴巴地说出话来,树木也开始会动脑思考问题,木马也成了越来越不确定的地基。母亲出现了,孩子从木马上跳到地上,凝视着绳索在钉得结结实实的木桩上缠绕着。

---

① 阿里翁(Arion)系生活在约公元前 600 年前后的希腊诗人与歌手。他创立了对此后创建悲剧极其重要的热情狂放的酒神颂歌。——译者

水　獭

就像人们通常会从一个人住的房子和该房子所处的地段得到关于这个人禀性和特质的印象一样,我也这样审视着动物园里的动物。鸵鸟在有斯芬克斯和金字塔模样的背景映衬下沿着路边一字排开;河马宛如正全身心地与所侍奉的魔力交合的巫师一般栖居在宝塔里。从鸵鸟到河马,没有一种动物的住处不让我热爱和敬畏。但是在这些动物中单凭其栖居地的位置而显得有些特别的并不多。它们大多栖居在动物园与园外咖啡馆或博物馆相接壤的地带。栖身于这些地段的动物中,水獭尤其引人瞩目。它离动物园三座大门中坐落在列支敦士登桥边的那座最近。这座门在三座中最少被使用,而且还通向园中最死寂的区域。迎候参观者的那条林荫路由于两旁枝形吊灯上白色圆球的缘故而显得很像埃尔森(Eilsen)或巴特·皮尔蒙特(Bad Pyrmont)的某条人迹稀少的林荫道。还在动物园里这样的角落由于荒凉而显得比古罗马浴场更古老之前,它们曾有很长一段时间具有着昭示即将来临事物的效力。那是一个先知先觉的角落。就像据说有可以使人具备预见未来能力的植物一样,有些地方也同样具有类似的神奇效力。那往往是些僻静冷清的地方。还有长在墙边的树梢,死胡同或人迹罕至的前花园也具有这样

41

的功能。在这些地方,一切原本即将来临的事物仿佛都已成了过去。水獭的栖居地就是动物园中的这类区域。每当我迷路来到这里,我总是会欣喜地向喷泉池那边望去,这喷泉就像疗养院中央那座一样高高喷起。这是水獭的樊笼。那是一个真正的樊笼,因为这只动物所住的水池护栏被粗大的铁条围着。这个椭圆形水池的背景里缭绕着小假山和洞穴,那是作为水獭栖息地而设计的,但是我却从未在那里见到过水獭。于是我经常在这个望不到里面的黑色深渊前无休止地等待,期盼能在什么地方看见那只水獭。可是,就算我好不容易终于发现了它,那也肯定只是短短的一瞬。刹那间,这个晶莹莹的蓄水池居民又消失在了湿漉漉的黑色中。当然,人们饲养水獭的这个地方并不是一个蓄水池。但是每当我朝那水里望去的时候,我总是觉得全城的雨水都流入下水道只是为了汇集到这个池中以滋养这动物,因为在此居住的这个水獭是一只娇生惯养的动物,对它来说,这个空荡潮湿的洞穴与其说是栖身之所,不如说是一座庙宇。这个水獭是一只神圣的雨水动物。我无以断定它究竟是从这雨水中诞生出来的,还是仅仅受到它溪流的滋养。水獭总是特别地忙碌,好像一刻也离不开它的洞穴似的。但我还是乐意在美好的日子里久久地把额头贴在栅栏上,怎么也看不够它。这也同时表明了它和雨的那种隐秘的亲缘关系,因为当雨水用它忽而细腻、忽而粗壮的牙齿把一天中的分分秒秒缓缓地拉得更长时,美好的日子就显得更美好,漫长的日子就显得更漫长。雨水就像一个小姑娘似的乖乖低头将雨丝伸向那把灰色的梳子。此时,我贪婪地望着那雨。我等待着,不是等它慢慢小下来,而是等它越来越大,越来越密集地簌簌落下。我听见它敲打着窗户,听见它从屋檐口流下,汩汩地流下水道。我完全沉浸在美妙的雨中。而我的未来也在雨中潺潺地向我流来,就像人们在摇篮边唱起了催眠曲一般。我多么明白,人是在雨水中成长的。站在灰暗的窗户后面看雨的时候,我发现我的居所在水獭那里。但是,只有在我下次站在它的樊笼前时,我才会觉察到这一点。那时我又得久久地等待,直到那个黝黑而晶莹闪烁的身体跃出水面,随即又飞快地钻入水中去做那些急不可耐的事情。

一则死讯

对于 Déjà vu① 这个词人们已做出了不少描述。这些描述令人满意吗？是否应该将之描述为我们所遭际的类似回响的东西呢？这种引发回响的声源无法事先预料地来自所逝去的茫茫经历。此外与之对应的是：意识到曾体验过某个瞬间所造成的惊异大多以某种声响形态向我们袭来。这可以是一个词，一个强或弱的响声，它们具有着不期而遇地将我们带回到冷冰冰的以往墓穴中去的威力。在此情形中，当下只不过是该墓穴的拱梁引发的回音而已。很奇怪，人们还没有对这种由离而合的返归现象做出过探讨，那是可以用一个词使我们发呆的震惊（Chock），宛如一个词可以唤起我们对自己卧室里已忘却气味的回忆一样。就像这样的震惊使我们想到了一些疏异的东西一样，有些词或节律也会使我们想到那种目睹不见的疏异物：使我们忘却疏异的未来。——那时我大约五岁。一天晚上，当我已上床躺着的时候，父亲出现在我的房里。也许他是来和我道晚安的。他告诉了我一位堂兄的死讯。我想，他不是完全愿意这样做。这位堂兄年纪已经很大，跟我

---

① Déjà vu 系法语，意指曾经历或体验过一次的事。——译者

44

也不怎么相干。父亲在思忖着整个事件的来龙去脉。他琢磨着应该死于心脏病,对于我提出的什么是心脏病的问题他作了描述,但对我来说他的描述太复杂。我对他的阐述有些心不在焉。然而对于那天晚上我房间里以及床上的气氛却无以忘怀,就像人们清楚无比地意识到了往后的某一天不可避免地会由之唤起已忘却事物的场景一样。许多年以后我才获知当时父亲在我房间里没有告诉我的一件新鲜事:我那位堂兄死于梅毒。

孔雀岛和格灵尼克

夏天将我与霍亨佐伦[①]王族拉近了，波茨坦的新皇宫、桑淑茜（Sanssouci）、野生动物园和夏洛蒂皇家园林（Charlottenhof）、巴贝尔斯堡[②]的宫殿及其花园都是该家族的遗存，它们与我家的夏季别墅相邻。距皇家宫殿和园林那么近，却从来不会影响我玩游戏，因为我将皇家建筑投下阴影的那片土地当作了自己的王国。从夏天的某一日我被加冕为皇帝到晚秋我又将帝国还归原主，关于我的这段统治经历着实可以写成一部史书。我的整个身心也完全投入到了对这个王国的争战中。此间让人觉得离奇的是并没有其他什么皇帝来反对我，这些争战是我或是与这片土地本身或是与这片土地派遣来与我作对之精灵的厮杀。在孔雀岛上的某个下午，我经受了最惨痛的一次失败。当时有人让我去草地里寻找孔雀羽毛，那个小岛由于可以找到如此神奇的猎物而对我产生了莫大的

---

① 霍亨佐伦（Hohenzollern）系德国贵族世家，1061年首次被文献记载。1214年分裂成法兰克霍亨佐伦和施瓦本霍亨佐伦二系。前者在1411—1417年间获得了勃兰登堡帝侯的位子，1701年成为普鲁士皇族世家，1871—1918年期间，德国皇帝全出自该家族。——译者

② 巴贝尔斯堡（Babelsberg）系靠近波茨坦的一个小城镇。——译者

诱惑。可是,我上下翻遍了整个草地还是徒劳地一无所获,此时一阵哀怨袭上心头,它远甚于我对那些身着完好无损的羽毛在笼子前踱来踱去之孔雀的怨恨。对孩子来说拾到东西就像对成年人来说取得胜利。我要找的这样东西能使整个岛屿为我一人独有,让它只对我一人开放。只需拾得一根那样的羽毛我就可以占有它——不仅占有这个岛屿,还有那个下午以及乘渡船从萨克洛夫(Sakrow)上岛的航行。这一切只有通过我那根羽毛才能完全地、不容置疑地归我所有。现在,小岛对我已经没有意义了,随之使我同样觉得失落的还有我那第二故乡:孔雀国。回家的路上我才在皇宫洁净的窗户里读到阳光反射出的那块牌子:今天我不该进到草地里面去。就像如果不是因为一根未找到的羽毛而失落了一片已在手的土地,当时我的痛苦就不会那么无以慰藉一样,后来如果不是感到征服了一片新领地,那么我学会骑自行车的欢欣就不会如此巨大。那是在一个铺着沥青路面的体育馆里,那时,骑车运动是一种时髦,学习这门技艺就像现在学开汽车一样麻烦,而现在的孩子们则通过互相传授便学会了骑自行车。那体育馆位于格灵尼克边上的乡镇,它建于体育运动显然并非要在户外进行的那个年代,那时也还没出现适用于不同竞技项目的一般练习运动,因此每项运动令人羡慕地都有自己的场区和夸张的服装以显出和其他运动的明显不同。人们从事体育运动的这个早期阶段还有一个特有的现象,就是在运动中,尤其在这里提及的骑车运动中非常追求别出心裁。因此这个体育馆中除了一般的男车、女车和童车外,还有更时髦的车型在穿行,它们有的前轮比后轮大四五倍,有的装有松软而高高的杂技车坐垫,上面的杂耍人员在揣测着实际高度。游泳池里通常为会游泳者和不会游泳者辟开不同区域,这里在体育馆学车也有这样的划分，也就是说，有的人只能在馆里的沥青地面练习，另有一些人则被允许离开体育馆到外面的花园里去练习。经过了一段时间后，我被划入了第二组。在一个美丽的夏日我被允许到外面骑车，我陶醉了。那条路上满是砟石，小石子噼啪作响，我第一次在对刺眼的阳光毫无遮挡的情况下骑车。体育馆里的沥青路是晒不到太阳的，路面宽宽很舒坦。而在外面却是每个拐角都危机四伏。轮子虽然没有打滑，路也还算平坦，但是我却觉得车子不听我使唤地在自主前行，好像我从未骑过这辆车，在它的把手里好像出现了某种自主意志。路上每个凸起处都在刻意使我失去平衡。我早就忘了摔倒是怎么回事了，但是这种退隐多年的重力效应现在又开始出现。在骑过一段小小的上坡之后，路突然向下倾去，我从坡顶向下滑去，尘土和小石子从车子的橡胶轮胎下溅出一片烟云，路边的树枝在疾驰中嗖嗖地拍打着我的脸。正当我对找回平衡已不抱任何希望时，体育馆入口处平缓的门槛在向我招手了。怀着怦怦直跳的心，带着由刚才那个坡道惯性而来的疾驶，我坐在车上出现在了体育馆的遮篷之下。当我跳下车时可以肯定的是，那个夏日里所经历的一切都因为我与这个山丘的切身相接而稳稳当当地进入了我的怀中：科尔哈笙布吕克（Kohlhasenbrueck）火车站，格里布尼茨湖（Griebnitzsee）堤上通往湖边码头的拱形凉亭，巴贝尔斯堡宫殿上肃穆的城垛和格灵尼克清新的农家花园，就像诸侯领地或王国疆土通过联姻而稳稳当当地被划入了皇家势力范围一样。

花园街 12 号

没有哪个门铃的响声比这一个更友善了。在这套居室的门槛后面,我甚至感到比在自己父母的家里还要自在。顺便提一下,这条街并不叫花园之街(Blumes-Hof),而是花帽之街(Blume-zoof),那是一朵巨大的丝绒花,它从一个卷曲的套套里朝我脸上贴过来,花的中央便是我外祖母,我母亲的母亲,她是寡妇。要是你去探望这位居住在花园街上方这座铺有地毯并装有小栏杆的挑楼上的老妇人时,很难想象她会跟"斯菪亘①旅行团"去作漫长的越洋旅行,甚至去沙漠游玩,而且每隔数年就要作一次这样的旅行。在我见识过的所有高档公寓中,它是唯一具有世界公民特点的。这一点并不是从公寓本身就能看得出来的。但是马多纳·第·坎皮格里欧(Madonna di Campiglio)和布林迪西②、维斯特兰③和雅典,还有其他她在旅行中寄出明信片的地方,所有这些地方都飘散着花园

---

① 斯菪亘(Stangen)系当时德国专门从事越洋和冒险旅游的旅行社。——译者

② 布林迪西(Brindisi)系南意大利的一个省城,临亚德里亚海。——译者

③ 维斯特兰(Westerland)系北德索尔特(Sylt)岛上的一个小城镇。——译者

街的气息。外祖母大而潇洒的字迹有时散落在画面的下方,有时缭绕在画面上方的蓝天里,这表明外婆整个地就住在这些画面里,以致它们都成了花园街的辖地。而当它们的"本土"重新展现在我面前时,我总是如此充满惶恐地踏上它的地板,就好像这地板曾和它的女主人在博斯普鲁斯①的波浪上跳过舞,那块波斯地毯里仿佛也还藏有撒马尔罕的灰尘。用什么样的语词才能描绘出从这套公寓里发散出的那种几乎已无法追忆的市民阶层的踏实感呢?它诸多房间里的家具什物已经不会使今天的旧货商感到兴奋了,因为七十年代的产品虽然比后来的青春派②坚固得多,但它们明显显得陈腐而老套。凭借这种老套它们尽管经受了时间的洗礼,但在时间演递问题上却只考虑到材料的耐用性而丝毫没有顾及适用性问题。公寓里充斥着这类家具,它们一意孤行地将几百年来流行的雕饰统统集于一身,如此强烈地充塞着刻意和漫长岁月的气息,以致根本没有考虑到用坏、出售和搬家问题,而且从没有想到会有尽头——尽头对它们来说便是万物的终结。落难在这里没有位置,即便是死亡也难以在此落脚。由于在这里没有地方可供死亡,因此公寓里的居民都死在疗养院里,而留下的那些家具在第一轮继承人手里就被变卖给了旧货商。在这里人们并没有想到会有死亡这样的事出现,因此这些房间在白天显得格外舒适宜人,而到了晚上则成了噩梦出没的场所。我踏进的那个楼梯间便是梦魇的栖息地,它先使我的四肢沉重无力,最终当我还有几步就要跨进那

---

① 博斯普鲁斯(Bosporus)系位于欧亚大陆间的那条狭窄海面,连接黑海和玛玛拉(Marmara)海。——译者

② 青春派(Jugendstil)系 1896 年始针对艺术中的历史主义而在欧洲兴起的一种艺术潮流。——译者

个渴望已久的门槛时,它又让我对之着了魔。类似这样的梦魇是我获取那份自在所付出的代价。外祖母没有死在花园街。我父亲的母亲有很长一段时间就住在她的街对面,祖母比外祖母的年纪更大,她也同样是在其他地方去世的。所以这条街对于我来说成了仙境,成了虽已远去,但却永生不死的祖母们幽居其间的阴界。由于想象的幕纱一旦投向某片区域往往会使它周围泛起阵阵莫名情绪绎动的涟漪,因此想象也将花园街附近的那家殖民地货品商店变成了曾经也是商人的外祖父的一座纪念碑,因为这家商店老板的名字与外祖父一样也叫格奥尔格。这位早逝外祖父的半身像与真人一样大,和他夫人的肖像并排一起挂在通向公寓不太使用部分的走廊里。由于不同的情况,这些不太使用的房间又会重见天日。一位已出嫁女儿的来访致使人们打开了那间长年不用的贮藏室;大人们午睡时那间后房便对我敞开了胸襟;还有一间在裁缝被请到家时传出了缝纫机"咯嗒咯嗒"的声音。在这些不常用的房间中最让我看重的是那间内阳台,这或许是因为里面没有多少家具,不太受大人们的重视,或许是因为那里可以听见马路上轻轻传上来的嘈杂声,也或许是因为我可以从那里看到有看门人、儿童以及手摇风琴演奏者等其他人家的庭院。其实内阳台向我展现得更多的是声音而不是场景,因为这是一个高档居住区,庭院里从来不会太热闹,在这里干活的人也多少沾染了一些他们有钱主人所具有的悠闲,一周中总是留有着一些周末的气氛,所有这一切似乎都在准备着有朝一日深深沉入到周日的平和中。因此星期日也就成了内阳台之日。其他房间都不太尽意,它们都不能完全容住星期日的气氛,而是让它像流水一样从筛子里漏了出去。唯有这个内阳台将星期日紧紧锁住,它与插着晾晒地毯架子的庭院和其他人家的内阳台遥遥相望。从十二圣徒教堂和马太教堂传来的沉甸甸的钟声装满了它，每一声回荡都不会从这里渗漏掉，一直到夜晚它们依然在里面层层叠叠，久久不散。这套公寓里的房间不仅众多，而且有的还非常宽敞。外婆坐在挑楼上，在她的针线筐边上摆着的不是水果就是巧克力，我去时便可享用。为了对她说日安，我得先穿过那间巨大的餐室，然后再走过挑楼里的房间。在圣诞节的第一天到来时，这些房间才显示出了它们的真正用途所在。当然，每年这一重大节日开始的时候都会碰到一个特有的难题。这张摆放礼物的长桌因为众多的礼品而显得拥挤。不仅家庭的所有成员都在那里被安排好了位子，而且所有佣人都在圣诞树下有自己的地方，挨着他们的是那些已年迈退休的佣人。所以餐室里一个位子紧挨着一个。如果大餐以后的下午某个年长总务或门房小厮还需要用餐的话，那么在座的就难保自己的座位万无一失。但是这一天的难题并不在此，而在这一天的开始，当房间大门的双翼展开时。这时，房间深处的圣诞树闪闪发光，长桌上到处是诱人地装着杏仁糕和杉树枝的彩色碟子，很多玩具和书本也在朝你招手。最好这时不要太仔细去观望它们，因为假如我太早地迷上了一件礼物，而它按规定却又落入他人之手，那么我就把自己的这一天给毁了。为了避免这样的结局，我像生了根一般站在门槛上一动不动，嘴角带着微笑，没人能说清那微笑是圣诞树的闪光，还是那些为我准备的令我陶醉但又不敢去接近的礼物的光焰在我心中唤起的。而此时最终支配我的则是第三个原因，它比那些表面的原因，甚至那个我内心的担忧更深刻。由于这些礼物主要地还属于它的主人而不是我，并且它们又很容易破碎，我极其害怕当着众人的面笨手笨脚地去触摸它们。只有当女佣在外面的地板上用礼品纸替我们将它们包好后,只有当它们的外形由此消失在包装纸和箱子中而它们那沉甸甸的分量给了我们确信时,我们才完全踏实地感到自己拥有了它们。很多小时以后,我们把捆好的东西紧紧夹在胳膊下,走向暮色笼罩的街道。出租马车已经在楼门前等候,墙沿和木栅栏上的积雪完好无损,路面上的则已经比较浑浊,从绿茨福河岸传来了雪橇的叮当声。煤气路灯一个接一个地亮了起来,照亮了点灯人的路径,即便在这个甜蜜的节日夜晚他也必须肩上扛着灯杆。此时这座城市如此深深地陶醉于自己,就像一只由于我和我的幸福而变得沉沉的布袋。

识 字 盒

忘掉的东西我们是不可能再原原本本地重新记起的。也许这是一件好事，否则由这样的重新想起引发的惊异会如此地扰乱心思，以致我们刹那间无法理解自己曾有那样的渴求。因此，忘掉的东西在我们心里沉陷得越深，我们反而越能理喻自己有如此这般的渴求。就像刚才还挂在嘴边的词语丢失后反倒使唇舌插上了德谟斯泰纳①式的翅膀一样，忘却会使我们觉得那些不该忘掉的整个经历过的生活分量很重。也许使忘掉的东西显得分量重和富有内涵的不外是那些下落不明之习惯的印痕，而我们自己已经无以重回其中；也许忘却与我们衰败之脑壳粉尘的关联正是被忘掉事物得以持续有效的秘密所在。正是由于这样的缘故，对每个人来说都会有一些习惯在其中得到最持久存在的事物，正是这些事物造就了对人的具体生活发生决定性影响的东西。就我的具体生活而言，这样的东西是与阅读和写作分不开的。因此，在我所淡忘的早年事物中最让我留连的是识字盒，里面放着许多小木片，木片上

---

① 德谟斯泰纳（Demosthenes，公元前 384—公元前 322），古希腊雄辩家。——译者

分别写着的德语字母看上去要比印刷字母好看得多。那些字母清晰并错落有致地镶嵌在小木片上，每个都混成一体，被按照宛如修女隶属的教团规则——语词规则——排成序列。我惊叹，如此这般的随遇而安何以能融进那么多的美景妙意。那是一种天赐状态。我刻意去谋求它，就是无以如愿。这种刻意必须像允许特定人入内的看门者那样留在外面。因此，面对识字盒里的字母必须根除任何刻意性奢望。识字盒在我身上激发的渴望表明：它与我童年时代是多么地形影相随。我在识字盒里找寻的实际是这童年时光，是整个童年时代，它聚集在字母片的把手上，我当年的小手正是握着这样的把手将字母片插入片槽里，使其按序组成语词。我的手还会梦见这样的把手。但是，已不再会醒来去真正地推插它。所以，我会梦见当初我是怎样学步的，可是，这已无济于事。如今，我已经会走路，已不会再去学步。

柜 子

我可以随心所欲打开的第一个柜子是那抽屉柜,只要拉一下把手,门就会从锁里弹出,在我面前敞开。里面存放着我的衣服,对于那里具体存放着我的哪些衬衫、裤子和内衣我已记不清,但有一样东西我却一直没有忘记:我的长筒袜,它常常使我从柜子里取它时有着持续的迷人的历险意味:我的长筒袜。这些袜子按通常方式包卷着被堆放在里面,我必须将手伸到柜子最深的角落才能摸到它们。每双袜子的样子都像一个小兜子,没有什么比尽可能地将手伸到兜子最深处更有趣的了。我这样做不是为了暖手,如此吸引我伸到兜子深处的是它里面被我抓在手中的那个"兜着的"东西。当我用拳头把它攥住,努力确定了自己拥有这个柔软的毛线团时,扣人心弦地展示谜底的游戏第二部分就开始了。这时我着手把那个"兜着的"东西从它的毛线兜里拉出来。我将它朝自己越拉越近,直到发生了那件令人惊愕不已的事情:"兜着的"东西完全脱离了那个兜子,但是那兜子本身却不再存在了。我不厌其烦地反复尝试着这样的过程,以搞清那谜一般的真谛:形式与内容,包裹与被包裹住的东西,"兜着的"东西与那兜子本是一体的。这个统一体是一个第三者,即那双将前二者统于一身的长筒袜。试想,我当时是多么贪婪地反复捣弄着使这个奇迹不断重现,我这样做是为了试图从我有关艺术的概念中悟出一些类似童话的内涵。童话邀我进入那迷人世界或精灵世界同样旨在使我最终安然回到那质朴的现实中,那现实如此欣然地将我收下就像当年面对长筒袜时的情形一样。几年之后,我对这样的神奇现象已不再那么迷恋,而开始被一些更刺激的东西所吸引,开始在特异、惊险和魔幻般的东西中找寻魔力的谜底,而这时我同样是在一个柜子前去品尝那魔力的滋味。然而,这时更具有冒险意味。常常还没真正做什么,机会已经失去,还得到一个禁令,即不许碰那些书籍,而我认定可以从这些书中获得对所失落之童话世界的巨大补偿。虽然我至今一直不明白诸如《延长符号》、《长子继承物》和《海马托纱尔》(Haimatochare)这样的标题是什么意思,但当时我读不懂的东西都有着同一个标题:《霍夫曼幽灵》,并且大人们让我严格保证决不碰这样的东西。可是,我最终还是有读它的机会的,那是在我中午放学回到家中而妈妈还没有购物回来,爸爸也同样还没有下班回到家中的时刻。当这样的机会出现时,我便毫不迟疑地直奔书柜。那是一件非常特别的家具,从正面根本看不出里面放着书籍,它那用橡树木制成的门框内侧镶嵌着玻璃,而且这些镶嵌物是由牛眼形玻璃①组成,这种玻璃中的每一块都被用铅框与其他隔开。它们被涂上红、绿和黄色,因而不再透明。这样一来,柜门上的玻璃就令人讨厌了,似乎它不愿让人看到里面而透出令人无以接近的灰暗反射光。要是当时闻到那柜子周身散发出的怪味,那我在这

---

① 牛眼形玻璃(Butzenscheibe)系一种可用铅镶嵌成窗玻璃的特制玻璃。——译者

个屋内透亮而令人紧张地具有冒险意味的中午时刻想做的,也充其量只不过是用手触摸一下那柜子而已。我拉开柜门,伸手摸寻着那本书,不是在前排,而是在摆成行的书后摸黑搜寻着,飞快地翻到我想看的那一页,立马就地站在开着的柜门前,趁爸妈还没有到家的这一刻匆匆浏览。就看到的东西而言,我什么也没有读懂。但是,每个深夜,每种人声和呵斥在我这里引起的恐慌却与日俱增,以致在任何时候听见门锁响动,听见爸爸将散步用的拐杖放入门外架中发出的沉闷撞击声时,我都会惊恐不已。——这宛如一个特殊信号表明:屋内的精神财富在宣示,这个柜子是屋中唯一没有上锁的,因为其他柜子没有锁匙的相助是无法开启的。当年,挂有锁匙的链圈到处陪伴在每个家庭主妇的身边,以使自己随时都被惦记着。在所有家政活动中主妇在锁匙链圈里找寻某把钥匙发出的叮当声首当其冲地灌入耳中,那是一片混乱的嘈杂声,还在宛如圣坛柜般大大敞开的柜门里那圣像向我们致意之前,这嘈杂声已在表示着抗拒。那圣像同样要求我对之俯首帖耳,顶礼膜拜。每次庆祝完圣诞或生日之后都要看一下,哪些礼物应放入那"新柜"中,而妈妈则替我保管好柜子的钥匙。所有被锁起来的东西都能长时间地保持全新的样子。对我来说,这样的新并不是指保持原有的新,而是指将旧的东西更新为新的。通过这种更新我将自己塑造成为属于我自己的,这样的新我也就是我抽屉里成堆收藏品的产物。我所发现的每块石头,采摘的每朵花蕾和捕捉到的每只蝴蝶都已是某个收藏的开始,而我所拥有的一切对我来说便是一个绝无仅有的收藏。"整理"会将一片布满荆棘的栗树建筑毁掉,里面有启明星、锡纸、仙人掌、图腾树、铜币、龟甲、积木和棺木。童年时代的拥有就这样在那些方盒、木架和空格中得到递增和贮藏,因为以前被从古老的乡村土屋带入童话世界——那个对圣母子孙来说作为最后禁忌的世界——中去的东西,如今在大都市的公寓里被缩减成了柜子。然而,当时家庭里的所有柜子中最令人不适的则是餐柜。是的,唯有明白了柜门与宽厚敦实并一直触及到房顶之餐柜的不协调关系,才能体会出餐室及其神秘郁闷的氛围究竟意味着什么。餐柜在这样的位子上宛如远古时期想将房产与家产统一起来的做法在现时代的体现一样似乎无可非议,但是将周围一切去掉的纯化处理并没有解决这个问题,它只是将银桶和碗罐,德尔福特花瓶①和马约里卡陶器②,将角落里位于贝壳状华盖下雕饰护壁镶板前平台上的铜坛和玻璃酒杯搬走,一起堆放在隔壁的房间里。柜子里的东西组成的陡峭高度使得这些东西不再实用,因此,有充分理由说那餐柜看上去像座庙山,它也可以炫耀拥有的宝藏就像神像也喜欢被这样的东西簇拥着一样。这样一来,大家在一起的日子就是可以炫耀的时辰。每到中午时分,那厚实的柜子就被打开,以使我在铺着宛如青绿苔藓般丝绒的柜格子里看见家藏的银器。可是,那里放着的其他东西岂止十倍,而是有二十、三十倍之多。每当我看着这些由咖啡勺、餐刀架或水果刀、牡蛎叉组成的一排排长行时,与对这些丰盈物质的兴致相悖的是出现了恐惧,仿佛我们等着端来的膳食像桌上摆好的餐具一般彼此完全一样。

---

① 德尔福特花瓶系一种因产地德尔福特(Delft,荷兰)而闻名的花瓶。——译者

② 马约里卡陶器系一种因产地马约里卡(Majolika,西班牙)而闻名的陶器。——译者

学生图书互借

　　课间休息时,人们将书收集起来,然后再分发给需要这些书的人。而我有时反应并不怎么快,常常眼睁睁看着自己想要的书落入并不明其分量的他人之手。这些书与学校读本大相径庭。面对学校读本,我必须整日、整星期地一头扎入到里面的每个故事中,就像住进门上——标题上——标有号码的军营一般。而置身爱国诗歌的战壕时,情形更糟,里面的每行诗句都是一间令人窒息的斗室。而从课间分发的书中则轻盈地吹拂出一股柔和的气息,随着这股气息,斯蒂芬大教堂①向簇拥在维也纳的土耳其人点头示意;随着这股气息,香烟厂烟囱冒出的深色浓烟在空中划出一道一道弧圈,那弧圈在贝雷斯纳河②上翩翩起舞,并惨淡地映照出庞培③

---

　　① 斯蒂芬大教堂(Stephansdom)系位于维也纳市中心的大教堂。最初建于1147年。——译者

　　② 贝雷斯纳河(Beresina)系欧洲第三大河邓叶佩尔河(Dnjepr,全长2 201公里)上游的一条支流,长613公里。1812年11月26—28日,拿破仑军队撤出莫斯科时在该河流域与俄罗斯军队展开激战,法国军队惨败。——译者

　　③ 庞培(Pompeji)系古代意大利的一座名城。公元79年在一次巨大的符山石爆发中被埋没。1748年被重新发掘,自此成了一个重要的考古研究基地。——译者

岁月末日的情形。这样的气息只有在从奥斯卡·赫克尔（Oskar Hoecker）和冯·霍恩（W. O. von Horn）那里，从尤里斯·沃尔夫① 和乔治·埃博斯②那里向我们飘来之时，才会大多穿透一些岁月。而最让人感到迂腐的是诸如《祖国追忆》这样的书，这些书在中学一年级时被大量收集，以致很难躲开它们，并使得到一本韦利斯赫弗尔（Woerishoeffer）或丹恩③的书的可能性变得非常渺小。这些书的红色帆布封面上镶嵌着一位中古时期的执戟士，内页文字配有中世纪骑兵用的小旗作为装饰，此外还配有可敬的手工作坊学徒形象，金发的寨主女儿，兵器加工场，还有向他们的主人发誓效忠的奴仆。当然，不可或缺的还有中世纪宫廷里冒充的膳务总管正在图谋策划以及为外国军团卖命而冲锋陷阵的年轻人。如果我们在所有这些主人和仆人中想象不出什么正儿八经的有关商人之子和枢密大臣之子的东西的话，那么，他们就其自身而言就更会越过我们的大脑思考而在我们的居室里找到恰如其分的位置。中世纪骑士城堡上挂着的徽号从我父亲皮沙发那边向我们的整个居室示意，配有把手和盖子的大酒杯在托盘四周围了一圈，被放在我家瓷砖壁炉的座架上供人使用，还有兵营里正对着墙角将路堵死的小板凳被一模一样地放在我家的奥比松地毯④上，这样只是为了不让辎重夫岔开双腿坐上去。可是，这两种世界的交合只在一种情况下才会完全奏效，那是在一本青少年刊物中见到的一幅彩色

---

① 尤里斯·沃尔夫（Julius Wolff, 1834—1910），德国作家。——译者
② 乔治·埃博斯（Georg Ebers, 1837—1898），德国作家，著名埃及文化研究者。——译者
③ 丹恩（Felix Dahn, 1834—1912），德国作家、历史学家和法学家。——译者
④ 奥比松地毯系一种产自法国奥比松市（Aubusson）的地毯。——译者

全身照片那里发生的情形,关于该刊物我只记得刊登那照片的位置。当时我怀着从不会稍减的惊恐翻到了那个位置,我在浏览这幅照片的同时又在寻找着它,就像我后来面对鲁宾逊①那幅图景时一样。鲁宾逊是在该图景中星期五展现出来的地方发现了陌生人的踪迹,在离此不远的地方还发现了头盖骨和其他骨骼。但是,在一位身着白色夜礼服的女人宛如手持拐杖般的斜拿着枝形烛台半睡半醒地徒步走过画廊时,由此引发的恐惧要模糊得多。这个女人是盗窃狂(Kleptomanin)。在盗窃狂这个词中,某种一闪而过、带有贬义的预先定调使该词中两个业已神兮兮的音节(Ahnin)变了样,就像葛饰北斋②用一些水墨线条使死者面容变成了精灵一般。——盗窃狂这个词使我由于惊恐而变得神志惶惑。还在我柏林卧室通往后房的过道一直是那位居住在宫殿里的女人深夜穿行的长长画廊时,那本旧书(题目是《凭借自己的力量》)早就又在中学一年级中传开了。而那些被传阅的书不是让人觉得自在就是惊恐,它们要么索然寡味,要么悬念四起。——没有什么东西能提升或减弱它们的魅力,因为这一魅力并不取决于书的内容,而是在于它们总是能给我一些有趣的时辰,从而帮我度过难以忍受的无聊课堂教学。每天晚上还在我将这样的书放进我书包时,已经对之心中有底,知道课堂上的时间不难打发了。书包里那本书与我的课堂读本、作业本和铅笔盒同处一个暗黑的空间,这恰好对应了第二天课堂上为了不被察觉而偷偷摸摸地要做的事。接

---

① 鲁宾逊(Robinson)系英国小说家笛福(Daniel Defoe,1660—1731)《鲁宾逊漂流记》中的主人公。——译者

② 葛饰北斋(Katsushika Hokusai,1760—1849)系日本画家。十九世纪中叶至二十世纪初对欧洲现代美术运动发生深远影响。——译者

着,终于在先前还使我显得有点抬不起头的地方出现了我可以耀武扬威的时辰,就像随着梅菲斯特①在浮士德那里的显身而使浮士德分有了他的威力一般。那位离开讲台到教室储藏柜边去收集或分发图书的老师,如果不是为了投我所好而节制住破坏力量去展示其技能的低等妖魔又会是什么呢!而且他根据指点和说明去做的每一个尝试都以失败告终。在我早就沿着神奇的地毯准备步入最后一位莫希干人②的帐篷或孔拉丁·斯道芬③的营地时,他作为可怜的妖魔完全在做着徒劳无功的事。

---

①　梅菲斯特(Mephistopheles)系欧洲传说中的超凡力量,在浮士德身上得到体现。——译者

②　莫希干人(Mohikaner)系北美印第安人,已被白人统治者灭种。——译者

③　孔拉丁·斯道芬(Konradin von Staufen,1252—1268)系南德施瓦本公爵之子。1267年进入意大利行使对西西里王国的统治权。1268年战败,逃亡途中被抓获,被处以绞刑。——译者

捉 迷 藏

　　我已经知道这间居室里的所有藏身之处,而且回到这些藏身之地就好像回到人们肯定看不出有什么变化的一所房子里那样。而现在我的心剧烈地跳动着,我屏住呼吸,被物的世界围得严严实实,这个物的世界对我来说变得可怕地清晰,而且无以言状地与我靠得这么近。只有一个被施以绞刑的人才会如此这般的明白绳子和木头究竟意味着什么。躲在门帘后面,这个孩子自己也变成了某种吹动着的白腾腾的东西,变成了一个鬼魂;蹲着躲在餐桌下面,那张餐桌便使他成了神庙里的一尊木制偶像,餐桌那有雕刻的桌腿便是支撑起神庙的四根梁柱;躲在一扇门后面,他自己便是门,并将门当作沉重的面具,以一个超凡巫师的姿态使所有不知内情跨入门槛的人迷惑。他必须不惜一切手段避免被人看见。要是他被发现而做鬼脸的话,人们会对他说:只需做敲钟样就行了,而且所做的样子必须一直保持下去。我在藏身之处明白了其中的奥妙。谁发现了我,谁就能将我看成是桌下面一个神情凝固的神像,就能将我永远当作鬼魂织入门帘中,还能将我终生逐入沉重的门里。所以,只要搜寻者一找到我,我便会用大声叫喊来驱走为使我不被发现而如此这般让我隐身的恶魔——实际上,还未等到被发现时刻的降临,小孩就会发出这种自救的叫喊,以应对这一时刻的到来。这就是我为什么不知疲惫地同这样的恶魔进行抗争的原因所在。在这样的抗争中,整个居室是我所用面具的武库。然而每年一次在神秘的地方,在屋中摆设那空空的眼窝以及张开不动的嘴里,会藏有礼物。这种让人着迷的体验会变成科学。作为父母房间的工程师,我对他们那阴沉沉的居室不再迷恋而去寻找复活节彩蛋。

幽　灵

　　那是我七八岁时在我家巴比斯堡（Babelsberg）夏日别墅前的一个夜晚。家里的一个女佣在栅栏门前还站立了许久，我不知道这个栅栏门通向哪条林荫大道。我在其荒芜的边界区域玩耍过的那个大花园已经对我关闭，该是上床睡觉的时间了。也许我已经玩够了最喜爱的游戏，因此在被铁丝栅栏围着的灌木林里的某个地方，将我那支赫约尔卡手枪（Heurekapistole）的橡皮子弹，对准那些静坐在一个圆盘上并被镶嵌在绘制的树枝中的木头鸟，木鸟被子弹击中后便从圆盘上掉落。我的心里一整天都藏着一个秘密——我前一天夜里的那个梦。梦里我看见了一个幽灵，那幽灵得以显身的地方我很难讲清。但是它和一个我虽然不得进入却知道的地方很相像，那是我父母卧室里一个用一面褪色的紫色丝绒帘子遮起的角落，后面挂着妈妈的晨袍。帘子背后的黑暗神秘莫测：这个角落与那个随着母亲衣柜的开启而敞开的天国简直如出一辙。那衣柜隔板的白色滚边上用蓝线绣着一段取自席勒《钟》里的诗句，隔板上叠放着床上和餐桌用品：床单，床罩，桌布，餐巾。熏衣草的芳香从装得满满的丝织香袋里飘溢而出，香袋在两扇狭窄的柜门后打褶的布套上摇摇晃晃。于是，曾在织布机上显示威力的神秘而古老的编织魔法就开启了地狱与天堂两个界域。而我的那个梦则来自地狱之国：梦中有一个幽灵在挂着丝绸的木制衣架上显身，它在偷那些丝绸。它既不把丝绸抢过去，也不把它们拿走。其实它没做什么，也没把那些丝绸怎么样。但我还是意识到，它在偷丝绸。就像传说中为鬼魂进餐作证的人虽然没有具体看到鬼在吃喝，但依然意识到有鬼在用餐。这就是我心里一整天都藏着的那个梦。在做了这个梦后第二天夜晚的某个怪异时刻，我发现——好像在前一个梦之后又延续了第二个梦——父母进入了我的房间。但我看不到他们将自己关在了我的房间里。第二天早晨我醒来时，家里没有任何东西可以当早餐用。因此，我知道家里被抢了。中午，亲戚们带着最急需的东西来了。一帮人数蛮多的盗贼半夜潜入我家。人们解释说，幸好房子里的声息没有向他们暴露屋内住人不多。这次恐怖的盗贼造访持续到凌晨，父母亲一直在我房间的窗后徒劳地等待破晓，希望可以向街上发出信号。由此我也被拖进这件事中。虽然我对那个傍晚站在栅栏门前的女佣做了什么一无所知，但是，我那夜的梦却使我有所听觉，我听到了蓝胡子①夫人好奇地轻轻进入他的卧室。可是，在我如此这般的作陈述时，恐惧使我发现，我其实不应该讲述那个梦。

---

① 蓝胡子（Blaubart）系西方童话中连续杀死几个妻子的人。——译者

聚 会

妈妈有一件呈椭圆形的挂饰，非常长，长得已经无法佩戴在胸前。每次当她将之佩在胸前时，拖到腰带的部分都显示出它太长。但妈妈只在家里有人来时才戴上它。这件饰品尤其耀眼的是它中间配有一颗晶莹闪烁的黄色大宝石以及周围环绕着无数五颜六色——有绿色、蓝色、黄色、淡红色和紫色——的小宝石。我经常可以见到它，因此我对它非常着迷。平时它被放在妈妈的首饰盒里。在母亲从中将它取出的那一辉煌时刻，它便会呈现出双重效力：对我来说它使我有了陪伴，虽然这个陪伴实际上只是母亲身上的佩戴；同时它对我来说也是护身符，这个护身符首先保护的是妈妈，使她免遭来自外界的可能侵袭。在它的庇护下，我也平增了一些安全感，全是托它的福，我才在不经常有的它被取出的那些晚上用不着马上上床。每当我家里有聚会时，那也双重地使我不悦。随着第一批造访者的到来，他们会走进我的房间，没完没了地向我问长道短。接着，过道里就会有一段时间不断有门铃在响，这些铃声响得有些让人胆战心惊，因为它们比平时更短促，更紧凑。对我来说，这些铃声清楚地表明，它们敦促的不仅仅是把门打开，还有其他更要紧的事。与此对应，门被悄悄地快速开启。接着便出现

68

了聚会几乎还没开始就似乎已告终的情形。实际上，聚会只是退隐到了彼此有段距离的各个房间里，以便消失在匆匆行程和密密细语的翻腾沉积中，就像巨大的波涛在还没有冲击出新的海岸线时就已经在岸边潮湿的淤泥中逃之夭夭了。由于使这幕情形凸现的背景与我所属的阶层有关，因而我在这样的夜晚开始结识如此这般的阶层。它并没有使我觉得亲切。眼下充盈在房间里的气氛使我感觉到，它不可理喻，但又直截了当，常常会不惜堵死绕圈子的做法。它不顾所处的时间和地点，横冲直撞，一意孤行。爸爸今晚穿在身上的那件光亮如镜的夜礼服衬衣，现在在我看来也宛如一副盔甲，此时此景，在他一小时前巡视过还空无一人的椅子的目光中，我发现了某种一切准备就绪的神情。这时，一阵风呼呼吹到了我这里，这个目视不见的精灵显得强壮有力，它冲向每一个部位，与自己窃窃私语；它任凭自己在那里闷声细语，就像人在贝壳中那样俯首帖耳；它宛如风中的树叶，在自行发出忠言，又宛如壁炉里的木材在噼啪作响，随后又无声地自行消去。此时，我开始后悔几小时前将这不可阻挡的家伙放了进来，那是我拉了一下扣子使餐桌向两边张开，桌下出现了一块木板，木板向上打开正好夹在向两边张开的桌子中间。这样，来访的每个客人就都在桌旁有了位子。然后，我要帮着铺桌子，这时不仅餐具要经由敬重我的手摆到桌上——蟹状叉或牡蛎状刀①——，而且喜庆时通用的各种东西都要用上：绿色高脚酒杯，专供波尔图酒②用而磨得精光的高脚

---

① 蟹状叉（Hummergabeln）和牡蛎状刀（Austernmesser）系西方呈各种典雅形状的餐叉、餐刀，属于高档餐具。——译者

② 波尔图酒（Portwein）系一种产于葡萄牙的葡萄酒。——译者

小杯,放香槟酒用的金丝罐,放盐用的小银罐,盖酒瓶用的各种软木塞,木塞外面那重重的金属套有侏儒状和各种动物状。最后,我还要在每副餐具前众多酒杯中的某一只上放上一块牌子,牌子上写着在此就座者的名字。我用这样的小卡片为整个忙碌加冕。在我最终得意地环视整个还没摆好椅子的餐桌时,一丝平和感由桌上摆好的所有盘子深深地渗入我心,那是由于洁白无瑕的所有瓷制餐具上小小矢车菊图案的缘故:这是一种单凭目光就能掂量出其适意的平和。这样的目光对于我平日天天面对的充满硝烟的眼神是非常熟悉的。再看那蓝色洋葱图案,多少次每当在这同一张桌旁出现争执时我都祈求它出来调停,而现在这张桌子则在我面前如此地闪烁出光焰。我无数次专心投入到它的枝杈和叶线中,投入到它的花蕾和涡卷形体中,我还从没对任何一幅美妙的图案有如此的专心致志。我是多么俯首帖耳地祈求得到洋葱图案的友情,从没有人会像我这样去央求友情。我多么盼望它在出现不平等争执时成为我的支持者,那些争执常常使我吃不下午餐。但我从没有如愿,因为这个洋葱图案就像一尊有其渊源的中国武士像一样是可以花钱买到的。妈妈对它的无比珍重,她召唤出的整个梯队序列,还有使每个战死将士在厨房里又起死回生的哀怨,所有这些都使我的期盼无望实现。因此,这个洋葱图案冷峻而不动声色地抵挡住了我目光的进袭,没有使它的一丁点儿枝叶来对我提供遮护。这张餐桌的喜庆景象使我摆脱了这幅让人不悦的图案,而仅仅这一点就足以令我心旷神怡。但是,随着夜晚的慢慢降临,夜晚在中午时分就已向我许诺过的那份陶醉、那种闪耀便越发明显地被罩上了一层面纱。这时,当母亲并没有离开家而只是匆匆来到我身边道晚安时,我尤其会明显感到,否则,她此时此刻会将怎样的礼物放在我的鸭绒被上。这表明,这个时辰对妈妈来说意味着白天还没有过去,而我则可以放心大胆地像从前手捧玩具娃娃一般准备入睡。这是隐秘地落入她将之拉平的盖被褶皱中去的时辰,对此她自己并无所知;这也是妈妈还在劳作的那些晚上使我安心的时辰,此时,她已经系上的那块头巾的黑色尖角会触抚我的脸颊。我喜欢与妈妈靠近,喜欢她身上向我侵来的气味。我在她那块头巾的阴影中,以及在与她胸前佩戴的那块黄色大宝石的贴近中体验到的每个时辰,都使我幸福无比,这种幸福感是在被她亲吻时从她嘴里得到硬糖的感觉无法媲美的。接着,当妈妈由于爸爸从外面喊她而起身离开时,我周身充盈的只是骄傲,我骄傲自己如此体面地将妈妈送入到了外面的聚会中。我躺在床上,在快要入睡时不知不觉地感悟到了一句小谚语的真谛:"夜色愈晚,访客愈美。"

乞丐与妓女

　　小时候我对柏林老西区和新西区非常迷恋。我所属的族群就怀有一种掺杂着韧性和自我意识的情感居住在这两个地区,正是这种韧性和自我意识造就了犹太人居住区,而对之入迷的我则将之视为自己的封地。当时的我对其他居住区一无所知,因而绝对自恃是该居住区的主人。至于穷人——对像我这样年龄的富家儿童来说只有乞丐才算得上,当我第一次慢慢明白在为一点点报酬而出卖自己劳力的屈辱中也潜藏着贫困时,我的认识已大大向前迈进了一步。那是在我完全为自己记下某件事时发生的情形,当时记下的是一位散发传单的男人以及他从那些对传单毫无兴趣的公众那里所受屈辱。由此,这位可怜的人——我的记述到此结束——就偷偷将一包传单扔掉了。无疑,这种摆脱困境的方法是最消极的。但是,当时的我除了这种带有破坏性的方式外想象不出任何其他的反抗方式。当然,这种方式来自最切身的体验。每当我试图逃离妈妈的关照时,都会想到这种反抗方式,尤其在"购物"时我最喜欢采用这种方式,而且固执不已,这让妈妈非常恼火。具体来说,马路上我已经习惯总是比妈妈慢半步地走在她身后。此后当来回漫步在马路上而引发了我性欲意识时才明白,这在很大程度上归咎于当年与妈妈一起漫步市区街巷时意念上的独行。但是,这最初的性欲萌动指向的不是身体,而是完全乱作一团的意念活动,它或是在煤气路灯的映照下发出错乱的光焰,或是还没有得到开启地在于中业已蛹化的皮层下安睡。对所遭际事物似乎只看到其三分之二的视看方式如今使我受益匪浅。那时还在妈妈骂我在马路上走得太慢,走得太漫不经心时,我已经朦胧地感到,此后可以在只是表面看来我不熟悉的马路的相助下逃离妈妈的关照。那时,我在光天化日之下与一位马路上的妓女作了攀谈。不管怎样,引发我这史无前例举动的毫无疑问是我当时出现了一种不顾妈妈及其所属阶层体面地去行事的冲动——可惜,只是一时的冲动。那时我作了很长迟疑才真正开口与那位妓女攀谈。当时我的感觉糟糕无比,与妓女攀谈宛如与一架自动售货机交往,只要给出一个信号她就会按程序作出反应。在这样的感觉下我开口发了话,随即,顿感两耳充血,根本无法听清我面前从涂满唇膏的嘴唇里蹦出的话语。我赶紧走开,以便在当晚能再次尝试一下这一大胆的举动——当时我作了好多次这样的尝试。此后每当我有时天快亮时在引向后院的道上稍作停留,便会无法抵御地被那沥青小道吸引走向后院的妓女。当然,那使我得到解脱的手并不是最洁净的。

不幸事件和罪行

　　每天城市都一再给我有关这些事的承诺,而到了晚上这些承诺往往落空。就算发生了什么事,等我赶到现场时,一切也都已过去,就像神灵在凡人面前只作瞬息的显身一样。被洗劫过的橱窗,运出一具死尸的房屋,马路上一匹马跌倒的地点——我在这些地方站住脚,以便将那些事件会留下的气息好好闻个够。但是,随着那帮肇事者的四处逃去,这样的气息也一起烟消云散了。当救火车由快马拉着冲向不知在何处的失火地点时,谁能搞清它的去向?谁又能透过救护车的毛玻璃看清在担架旁坐着一位陪伴者的车内情形?不幸从街上飘过,径直冲向了那些车子,我无法捕捉它的踪迹。可是,还有一种更加奇特的车子,它自然会像吉卜赛大篷车那样严格保守自己的秘密。这种车子上依然是窗子让我感到阴森可怕,它们被用铁条牢牢地封着,铁条之间的距离很小,根本不可能有人能从里面钻出来,正因为此,我一直暗自竭力琢磨着可能会关在里面的那些罪犯。当时我不知道这些车辆押解的只不过是一些文件,因而尤其深切地感受到这些令人窒息的车子是运输不幸与灾祸的罐车。让我难以丢下的还有那条运河。河里的水是如此的幽暗,水流得又是如此的缓慢,以致它好像与所有伤心事都难解难分。但是,挂在许多桥边的白色救生圈却都只是表面上与死亡定了亲,我每次经过时,它们都依然玉体未解。最后我只好满足于看看展示如何为溺水者救生的牌子,可是,这样的展示就像佩加蒙博物馆①里的"石头武士"一样令我感到遥远。对于这样的不幸事件,处处都预先设防了。城市和我都能让它化险为夷,可是它却无处可寻。是的,我多想能透过伊丽莎白医院紧闭的护窗板向里观望啊!每当我从绿茨福路向医院走来,我都发现这里有几扇护窗板大白天都关着。我问了之后知道,这样的房间里住的是"重病号"。犹太人中有这样一个传说:死神的手指向哪家埃及人的房子,这户人家的头胎必死无疑。听过这个传说的犹太人在想象那些房子时可能和我揣测那些护窗板紧闭的窗户一样充满恐怖。但是死神真的会去那样做吗?还是有一天护窗板会开启,那个重病患者变成了一个康复者躺在里面?对于死亡、火情和打在我房间窗上而没有击破玻璃的冰雹,难道不能有人再去辅助一下吗?当不幸和罪恶终于发生时,有关的想象便完全被击破,梦与现实的界限也荡然无存,这不是很好吗?因此,有一件事我不知道是出自一个梦,还是不断进入梦中的真事。总之,每当我触摸到门链时就会想起这件事。"别忘了先插上门链。"每当我被准许去开门时总会听到这样的叮嘱,直至今日我依然还像童年时一样惧怕有一只脚顶在门缝里。在这样的恐惧中有一次惊吓宛如炼狱之苦一般无限

---

① 佩加蒙博物馆(Pergamon-Museum)系位于柏林市中心的一座著名博物馆。主要藏有从巴比伦到苏美尔、亚述、美索不达米亚到古希腊、罗马等古代文明的艺术和建筑艺术品。——译者

绵延着,这次惊吓显然只是因为没有插好门链而引发的。在父亲的工作室出现了一位先生,他穿着并不差,对于母亲的出现他好像没有看到,说话时旁若无人,似乎母亲只是空气一般。至于我在隔壁房间的存在对他来说更是微不足道。他说话的语调好像蛮客气,似乎不具有特别的威胁性。但是,当他沉默不语的时候,那种寂静却显得可怕无比。这个房间里没有电话,父亲的生命真是危在旦夕。他当时可能没有意识到这一点,就在他还来不及离开写字桌,只是站起了身,想将这位破门而入并早就站定脚跟的先生赶出去时,那位先生已经先发制人地关了门,拿下了钥匙。他断了父亲的退路,而对于母亲他始终未放在眼里。是的,最不堪忍受的是他对母亲的毫不在意,好像她与这个凶手兼勒索徒是一伙似的。这次极为恐怖的生人贸然造访在我还没有搞清真相时就被平息了。由于这次惊吓,我自那以后总是很能理解就近冲向火灾报警器求援的人。它们像祭坛一般伫立在马路边,供人在它面前向主管灾祸的女神祈求。可以想象,人们报过警之后会作为唯一知情的行人倾听着远方救火车的警笛声渐渐驶近,此时此刻,报警人的心情会比看到救火车本身更加激动。可是,当警报声出现时,不幸事件中的最精彩部分几乎总是已经过去,因为就算真的发生了火灾,人们也不会真正看到火焰。仿佛这个城市妒意浓浓地在庭院深处或在成排的屋顶上养育着那稀有的火苗,而每个人都想目睹一下那只被藏在深处、滚烫而耀眼的火鸡。偶尔能看到消防队员们从里面走出,但是从他们身上看不到什么让人觉得值得看的东西。完全专注于火情的唯有来看热闹的人。要是有第二批队伍带着皮管、梯子和水箱开进去的话,那么在一阵忙碌之后他们便会像前一支队伍一样变得懒懒散散，这种装备精良、戴着钢盔的增援队伍与其说是来与那看不见的火焰为敌不如说是来保护它们。但是，大多数情况下不会有增援的救火车开来，转眼功夫人们突然发现，就连警察也不见了，火也已经被扑灭。没有人愿意证实那是有人纵火引起的。

针 线 盒

我们已经不再知道那种将睡美人①刺伤,让她沉睡一百年的纺锤了。可是,我们的妈妈和雪天里坐在窗边的白雪公主的母亲,即那位王后娘娘一样,也在下雪天拿起针线坐在窗边,而她做针线活时也只是由于手指上套着顶针才没有被刺出三滴血。而顶针自己由此则在顶端显出了暗暗的红色,上面的小坑也像曾被刺伤后留下的痕迹。如果将它对着光线,那个幽暗洞洞的尽头就会被映得通红,对此洞洞我们的食指是非常熟悉的,因为我们喜欢戴上这个小小的桂冠,悄悄做一次国王。当顶针套在我的手指上时,我明白了为什么女佣们那样称呼母亲。她们的本意是"尊敬的夫人"(gnaedige Frau),但是却把第一个字的音节弄得残缺不全,很长一段时间里我都以为她们是在叫"缝纫夫人"(Naeh-Frau)②。可是,对我来说也实在找不出更贴切的头衔来标识妈妈无以逾越的权力了。就像一切真正拥有权力者的宝座一样,妈妈在缝纫桌边的这个宝座

---

① 睡美人(Dornroeschen)系神话中着魔而昏睡一百年的公主。——译者
② 德语"尊敬的夫人"(gnaedige Frau)中的"尊敬"(gnaedige)一词在发音上如果将首末音节发不清晰,听上去就有点像"缝纫"(Naeh)一词。——译者

也同样具有不可抗拒的魔力。有时我能感觉到这种魔力,被它罩住时我便屏住呼吸,乖乖地一动不动。在我被允许陪妈妈去串门或买东西时,她常会发现我衣服上还有些毛病。于是便把我已经穿上身的海军服的袖口抓住,将上面蓝白相间的贴边缝牢一些,或者飞快地在我海军领结上缝几针,使之"更显精神"。而我则站在那里,咬着浸了汗的帽檐带,味道酸酸的。此时此刻,我心里就因为针线对我的这种无与伦比的控制而升起了对抗和愤怒,这不仅是因为妈妈对我已经在身上的衣服的操心使我的忍耐受到了实在太严峻的考验,——不,更多的还是因为如此这般不考虑我的感受而在我身上动来动去与针线盒里的东西一点都不相称:那里有色彩斑斓的丝绸,有精致的缝衣针,还有大小各异的剪刀。我开始怀疑这样的盒子本来是否是用于缝纫的,——它有点像那种我现在偶尔在马路上碰到的东西,即那种从远处看介于蛋糕房里的糕点和理发店橱窗里的发型之间的东西。如果某个在说话的轴心卷出了我几乎四十年后才见过的奥德拉黛科(Odradek)卷,我会感到无比的意外。虽然有位诗人称这种在楼梯上和房间角落忙来忙去的会说话的神秘轴心为"家庭之父的操心",但这还是性别关系被颠倒之家庭的主人。——至少我当时已经感觉到那盒子里的丝线和棉线圈把我诱惑得坐立不安,那线圈由一个空心轴组成,随着轴的转动,上面绕上了线。之后,轴的两头被用薄纸封住,大多呈黑色的纸上用金字印着制造公司的名称和产品的编号。我禁不住巨大的诱惑,用指尖捅破了薄纸的中央。纸被捅破后,我用手指摸到洞里去时,心里感到无比的满足。——那些线圈并排放在针线盒的上端,那里有黑色的针链在晶莹闪烁,还有——插在皮套里的剪刀。这一层下面是幽暗的底部,那里混乱一片,散开的线绞成一团,用剩的橡皮筋,衣服搭扣、各种零碎布头都堆在一处。在这些剩余物中还有一些纽扣,其中有些形状没有人会在什么衣服上见过。很久以后我又看到过一些类似的:它们成了雷公托尔①车子上的轮子,一位普通中学教师在 19 世纪中叶将它绘制在了一本教科书中。隔了这么多年,我才通过这幅发白的小画证实了自己的那个猜疑:这样的针线盒原本并非用于干针线活。——白雪公主的母亲做针线活时外面下着雪。整个大地越静谧,这种安静的家务活就越显得高贵。天黑得越早,我们就会越多地拿起剪刀。这样,我们小孩也会有一个小时左右将眼睛盯着一根拖着粗棉线的针。每个孩子都默默地取出要绣的东西:硬纸盘,吸墨布,小布罩,并按照纸样图案将花绣上去。针在纸样上穿过,发出清脆的响声。我禁不住诱惑,不时去欣赏布背面线条交错的图案。每缝一针,布正面绣的花会越来越有样子。但是,布的背面则会增加一分零乱。

---

① 托尔(Thor)系北欧神话中的雷神,即日耳曼北部地区诸神中的多呐尔神(Donar),专管打雷。——译者

圣诞天使

这个节日从圣诞树开始。某天早晨，当我和大家一起走在去学校的路上时，街上的许多角落都被打上了绿色的印戳，这些印戳好像要将城市的成千上百个角落和边沿像一个巨大的圣诞礼盒那样，牢牢地钉住。然后在美好的一天，它被撑破了，许多玩具、果仁、草编工艺品和圣诞树饰品从里面涌出：这就是圣诞市场。和这些东西一起喷涌而出的还有另一样东西：贫困。就像苹果和果仁裹上丁点儿糖后也可以和杏仁糕一起摆在圣诞拼盘上一样，穷人们也被允许在较富裕的城区兜售装点圣诞树用的银丝条和彩色蜡烛。富人们指派他们的孩子去买穷人的小布羊或者对他们做一些施舍，因为他们不好意思亲自去做这样的事。在此期间，圣诞树已经矗立在阳台上，那是母亲悄悄买来后让人从后面的楼梯搬上来的。眼前的节日一天比一天浓厚地萦绕在圣诞树的枝杈间，这比树上的任何烛光都要神奇美妙。庭院里的手摇风琴以圣歌充实着节日前的最后一些日子。节前的这段日子最终还是过去了，圣诞日终于又一次到来。此时此刻，我想起了我最初经历的那些圣诞日。我在自己房间里等待着六点钟的到来。我在此后经历的节日不再具有如此等待那一时辰到来的情形，这种等待宛如一支箭头插在白昼的心窝上,颤颤悠悠。尽管暮色已经降临,我为了不将目光从天井对面的窗户上移开还是没有点灯,此时可以看到那边的窗内已经点亮了第一批蜡烛。这是圣诞树亲历的所有时辰中最让人战栗的时刻,它将树叶和枝杈奉献给黑暗,只是为了使自己成为后院公寓朦胧窗棂中一个可望不可即的星座。这样的星座虽然不时对那些被遗弃窗子中的某一扇施与恩惠,但是许多窗子依然漆黑一片,还有一些窗子更是令人哀伤地在傍晚煤气灯的映照下枯萎。这幅景象使我发现,圣诞节里的这些窗棂含有着孤独、衰老、贫困以及穷人们闭口不提的所有苦难。这时我想起了父母刚刚准备完毕的礼物,心里顿生一种通常只有实实在在的幸福近在眼前时才会有的沉甸甸的感觉,在我带着这样的心情正要离开窗口时,我感到房间里是一个让人觉得陌生的世界。那只不过是一阵风,于是正在我唇边涌现的话语像鼓起的风帆,将一艘垂落的篷帆突然推向清爽的和风中:"年复一年,耶稣到来,降临人间,与我同在。"随着话音的消失,刚开始应着诗句显出形貌来的那位天使也倏然退去。我在空空如也的房间里没有再待很久,有人把我叫到对面房间,在那里,圣诞树已经辉煌闪耀,那光焰使我对圣诞树感到陌生,直到它被拔掉底座,扔入雪地或在雨中晶莹闪烁的时候,这种陌生感才消失。由此,节日就在它随着手摇风琴开始的地方落下了帷幕。

两支铜管乐队

再也不会有像军乐队演奏的音乐那样不合人性、那样有失典雅的音乐了。挤在动物园附近的咖啡馆之间,沿莱斯特林荫大道①向前簇拥的人流在军乐的激励下热血沸腾。时至今日我才认识到,这样的人流中潜藏的暴力造成了多大的恶果。对柏林人来说,没有什么地方会有比这里更高级的培训爱的教堂了:环绕这里的有居住着角马和斑马的沙地,有鸢和兀鹰栖息的秃树和礁石,有臭烘烘的狼圈,还有鹈鹕和鹭鸶孵化雏鸟的地方。这些动物的嚎叫声与定音鼓及打击乐的喧嚣声混在一起。就是在这样的氛围中,有个男孩平生第一次一边假装与身边的朋友专心说话,一边将目光紧盯住一位过路的女人。他如此地努力使自己不要从声调和眼神中被识破真相,最终还是未能看清那位过路女子的容貌。在此之前很早的时候,他听过另一种铜管乐,而这两种音乐是多么地迥然不同:现在的这种沉闷而撩人地摇荡在树荫和帐篷下;先前的那种纯粹而亮爽,回荡在清冷的空气中,就像荡漾在一个薄薄的玻

① 莱斯特林荫大道(Laesterallee)德语的意思是"堕落大街"。这条作者为寓意而自己命名的大街应是柏林动物园附近的某条林荫大道。——译者

璃罩里。它从卢梭岛（Rousseau-Insel）那边幽幽飘来，激励着新湖上的溜冰者划出各种弯线和圆形。我那时做梦也想象不出这个岛名的来历，也根本搞不清它复杂的拼写，但我早就跻身这些溜冰者的行列。因为它合适的位置，也更因为它四季都热热闹闹，所以其他任何冰道都无法与这一个相比。其他冰道夏天如何了呢？成了网球场。而这里，岸边长长低垂着的柳枝绵绵延延，同样是这个湖，配着画框挂在外婆暗暗的饭厅里在等待着我。那时候人们喜欢画这个湖及其迷宫般的水道。人们在维也纳华尔兹的乐声中滑行着穿过那座桥；夏日里人们也是在这同一座桥的栏杆边观看船只在幽暗的水面上缓缓驶过。附近有纵横交错的小路，尤其还有那些僻静的避难之地——"大人专用"的长椅。沙坑那里的圆形广场呈现出如此景观：沙坑中央，有的孩子在挖弄沙子，有的呆呆站着，直到有人撞到他或者凳子那边的保姆喊叫他。保姆坐在长凳上，将婴儿车放在面前，专心致志地看着闲书，几乎不用抬眼便能照料孩子。那里还有显得有些弱不禁风的老汉，他们置身于那些漫不经心的女人和哭叫的婴儿间，将敬畏生命的认真——报纸传送到她们手里。关于这个湖岸边的情况就这些。我在自己由于穿溜冰鞋而变得笨头笨脑的步伐中还能感到湖面的存在：我经过一阵溜滑之后越过冰面，两脚重又触摸到木板地，跌跌撞撞并发出噼啪声地走进一间烧着炉火的小屋。炉子边上有一条长椅，人们在决定解下冰鞋以前还可以再一次掂掂脚上的分量。我将腿斜搭在另一条腿的膝盖上，松开了冰鞋。这时我的两只脚底像是长了翅膀，迈着向冰冻大地频频点头的步伐，踏出了小屋。在回家的路上，小岛上的乐声还继续陪了我一程。

驼背小人

　　小时候,我外出散步时总喜欢透过地面上平铺着的栅栏向里窥视。这种栅栏让人站在橱窗前也可以发现:橱窗正下面有一个洞。这种洞穴是给位于深处地下室的天窗透气和透光用的。这样的天窗与其说是开向露天,不如说是开向地的深处。我的好奇心由此而生,我透过自己恰好站在上面的栅栏铁条向下张望,期盼着在这种上半部露出地面的地下室里看到一只金丝雀、一盏灯或者一位住户。但并不是每次都能如愿以偿。如果我白天的这种期待落了空,那么到了夜里,事情就有可能反过来,在梦里会有目光从地下室向我注视,让我动弹不得。这种目光是那个戴着尖帽的地下精灵向我射来的。它刚使我毛骨悚然,随即便又消失得无影无踪了。对我来说,白天那扇天窗下集聚的东西与夜间潜伏在那儿要在梦里偷袭我的东西并没有太多的区别。因此当我有一天在《德国儿歌集》中读到下面的诗句时,我很清楚自己所处的情形:"我走下我家地窖,想开桶把酒倒;那儿站着一个驼背小人,竟把我的酒罐抢跑。"我认识这帮喜欢捉弄人、喜欢恶作剧的家伙,而且他们以地窖为家也是不足为奇的。这是"一帮无赖"。于此我马上想到很晚还在外面游荡,偷小公鸡和小母鸡的夜贼,想到都在喊叫

"天要黑啦"的缝衣针和大头针。他们夜间所做的这些勾当自然只是为了取乐，但却令我讨厌。那小矮人所做的与他们同出一辙，而我却无法进一步了解他，直至今日我才知道他怎么称呼。是妈妈最早不经意地向我透露了他的存在。每当我打碎了什么或将什么东西掉落在地，妈妈会说："笨蛋在向你致意。"现在我明白她指的是什么了，她说的就是那个盯着我看的驼背小人。小矮人盯着谁看，谁就会心不在焉，就会既不留心自己，也不注意那个小矮人，而是神志恍惚地站在一堆碎片前："我走进我家厨房，想给自己做一小碗汤；那儿站着一个驼背小人，竟把我的小锅打碎。"他出现在哪里，我在哪里就会掉落东西，掉的是什么东西也看不见，直到几年后看见大花园变成了小花园，大房间变成了小房间，大长椅变成了小长椅。它们萎缩了，仿佛长出了比小矮人还要短的驼背。那个小矮人到处跑在我前面，抢先堵住我的道路。但他除此之外并没伤害我什么，只是这个灰灰的监护鬼不时让我重新忆起那些几乎被我遗忘，然而曾属于我的东西："我走进我家小屋，想吃麦片糊糊；那里站着一个驼背小人，竟将我的糊糊吃掉一半。"小矮人经常这样站在那儿。只是我从没有见到过他，而他却总是盯着我，并且我对自己留意得越少，他就会将我看得越清楚。我想，传说中人临死前眼前快速浮现的"整个世界"是由那小矮人对我们大家获得的图景组成的，那图景就像曾是电影摄制技术前兆的固定小书画页一样在我们面前快速翻过，面对这样的固定小书只要轻轻一碰，上面的齿轮就会沿着卡齿转动起来，接着，书页里的画面就会难以分辨地一个接着一个快速闪现。在这样的画面连续闪现中就能见出拳击手出拳时的整个动作，见出游泳者是如何搏击水浪的。小矮人对我也拥有着同样的图景，他无处不盯着我看：在我捉迷藏时藏身的地方,在我站立的水獭笼子前,在冬天的早晨,在后屋过道的电话机前,在蝴蝶飞舞的布劳豪斯山,在铜管乐中我的冰道上,在针线盒和我的抽屉前,在花园街以及我生病卧床时,在格灵尼克和火车站。现在他虽然已完成了他的使命,但是他的声音听上去如同煤气灯显赫的哗哗响声一般,站在世纪的门槛上对我轻声叮咛:

> 可爱的小宝宝,
> 啊,我求求你,
> 请为驼背小人一起祈祷!

最后稿

哦，那烤得焦黄的胜利纪念碑，
浸染着冬日童年里的甜蜜！

序　言

在我 1932 年身居国外时已开始明白：我即将不得不与自己出生的那个城市作长久甚至是永久的告别。

我内心曾多次体验过疫苗接种法的益处。因而在这样的境地我依旧遵循此法，有意唤起我心中那些在流亡岁月里最能激起我思乡之痛的画面——来自童年的画面。在此，就像不可使接种的疫苗主宰健康的身体一样，这思念的情感同样也不应主宰我的精神。我努力节制这种情感，旨在从特有的社会发展必然性中，而不是从带偶然性的个人传记角度去追忆往日的时光。

这样导致的结果是：只是展现经验之连续性而不能凸现经验之深邃内蕴的传记性要素完全隐退了，随之隐去的还有我家人和儿时同伴的整个外形容貌。相反，对于大都市在一个来自市民阶层的孩子心中留下鲜明经验印记的画面，我则努力不加疏漏地去捕捉。

我想，这样的画面可能会有它们特有的某种命运。它们虽然还没有像数百年来回忆乡村童年时对田园情感的倾诉那样，获得特有的表达形式，但我童年时代的这些都市画面则相反，它们或许

91

能凭其内在意蕴预先展示出未来的社会经验。至少我希望,从这些画面中可以看出,其主人公在以后的成长中多大程度地失去了他童年时曾拥有过的依护。

内 阳 台

就像母亲将新生婴儿抱入怀中以使他不被吵醒一样,生活在很长一段时间里也是这样呵护着那些尚显娇柔的童年回忆。没有什么比那对庭院的一瞥更能激起我内心对童年的回忆了。庭院里那众多幽暗的内阳台中,有一个夏日里总被遮篷遮出一块阴凉地。对我来说,这就是这个城市把它的那位新公民放入其中的摇篮。托起上一层阳台的卡尔雅蒂德①正想飘离其位一会儿,到这只摇篮边唱一首小曲。这支曲子中虽然并未含有对我未来生活的预示,但却有一句歌词让我永远陶醉在那庭院的空气中。我觉得,那空气中还掺杂着卡布利②葡萄园的气息,我在园中搂着我的情人。正是这空气中充盈着那些画面和隐喻,它主宰着我的思维,就像卡尔雅蒂德在阳台高处撑着柏林西区的庭院那样。

有轨电车和拍打地毯的节奏轻摇着睡梦中的我,它犹如空谷,编织着我的酣梦。起初的那些梦模糊不清,仿佛充溢着滔滔的水

---

① 卡尔雅蒂德(Karyatide)系西方建筑中的女像柱。——译者

② 卡布利(Capri)系南意大利一个小岛。1924 年本雅明在该岛上结识了拉西斯(Asja Lacis)。——译者

流或牛奶的香气；后来的那些绵延细长，有关漫漫旅程和潺潺阴雨。春天在灰墙前抽出嫩芽。此后的日子里，当沾满尘埃的那片树叶棚每天千百次地拂掠屋宇外墙时，枝叶的唏嘘声在向我传递着一个当时我还不能领会的寓意，因为对我来说，那时庭院中的一切都具有某种暗示。在绿色卷帘被拉起时发出的帘片撞击声中蕴含着多少传达；当黄昏中百叶窗哗哗落下时，我又巧妙地使多少不祥讯息在隆隆声中不至于被揭开。

庭院中最引起我关注的是那棵树伫立的地方，那里并没有像其他地方那样铺满石块，而是被一个宽大的铁圈覆盖着。铁圈由密密麻麻的铁条组成，因此它盖住了那块地面。我想，这应该不会没有道理；有时我会面对这块从中长出枝杈的黑色地面琢磨那下面会是什么。后来我又把这种琢磨推及出租马车站。那里的树根部也是这样被植于铁圈盖下，而且还被围上了栅栏。马车夫们在往人行道上的抽水槽里灌水饮马时，就把雨披搭在那些栅栏上，灌出的水柱冲散了稻草末和燕麦渣。对我来说，这些候车站就像我那庭院之外僻远的乡村，那份宁静只是偶尔被进出的车辆打断。

内阳台上晾衣服的绳子横在阳台内两堵墙之间。看上去像是流离失所的棕榈树失去的早已不是黑非洲的大地，而是对隔壁沙龙的家园感。沙龙这个当时居民向往的地方所盛行的法则如此地排斥了棕榈树。在沙龙被遗弃之前，艺术已将之神圣化。艺术表现中的沙龙里悄悄地时而出现一盏吊饰，时而一个铜器，时而又是一只中国瓷瓶。这些古董虽然很少会为沙龙这样的地方增色，但它们和自身固有的古气还是相吻合的。沙龙墙上宽宽地伸展开的庞培红线①为沉积在那些与世隔绝氛围中的漫漫时光提供了天然混成的背景。在这些直接通往庭院的幽室中，时间变得苍老。正因为如此，我在阳台上邂逅的中午以前的时辰总是待得太久，以致它比其他任何地方都显得悠然自得。我从未能够在这里等候它的到来，总是它早已在那里等着我。每当我终于在阳台上寻见它时，它已在那里很久了，而且似乎已经"过时"。

后来我从铁路轨道路基上看向那些庭院时重又发现了一些新的东西。当我在闷热的盛夏午后从车厢里向下俯瞰它们时，夏天似乎被封在了这些院子里，它们与外面的景观隔绝了。而且里面那些从其外壳长出红色花朵的老鹳草②其实还不如晾晒在阳台护墙上的红色席梦思床垫更与那夏天气氛吻合。阳台里那些好像绕着藤条或芦苇的花园铁椅是供人在那里小坐歇息的。每当晚间内阳台上的小读书会开始时，我们就把这些铁椅拉拢来。煤气灯的光线从红绿交映的灯罩里直接射在了雷克拉姆③出的书本上。罗密欧的最后叹息飘过我们的庭院，去找寻在恭候他的来自朱丽叶墓中的回音。

从我童年时以来，这些内阳台较之于其他居室没有什么大的变化。我对它们感到亲近不单单因为这一点，主要是因为已不再能前往安居的我对它们的被荒置而感到某种安慰。柏林人的住房

---

① 庞培（Pompeji）系南意大利古代时一座繁盛的港口城市。公元 79 年在火山爆发中被淹没。自十八世纪以来被考古学家重新发掘，城中被保存下来的物品（建筑等）由于密封而保持了原有的色泽。——译者

② 老鹳草（Geranium）系一种观赏植物。——译者

③ 雷克拉姆（Reclam）系 1828 年由安东·菲里普·雷克拉姆（Anton Philipp Reclam, 1807—1895）在莱比锡创办的一家出版社，以出版价廉物美的有关世界文学方面的作品集和学术著作而闻名。——译者

往往到阳台结束,而柏林——那城隍爷本人——的领地则从这里开始。在这里它如此地活灵活现,以致没有任何飘忽的东西能与之媲美。在它的庇护下,空间与时间各得其所并和睦相处,它们都俯首听命于它。那个曾与它们同处一窝的孩子被它们簇拥着,像驻足于早就为他准备好的墓穴那样,逗留在他的内阳台里。

西 洋 景

　　观看西洋景中的画面时尤其吸引人的是,不管你从什么地方坐下开始看都无关紧要,因为银幕和座位都是圆形的,所以每幅画面都会走过每个座位。人们坐在这样的位子上通过两个洞口观望里面映现在远处黯淡背景上的画面。不管怎样,人们总会找到空座,尤其在我童年将要过去时,西洋景已渐渐不太时兴了。那时,人们习惯在半满的棚子里周游世界各地。

　　西洋景里没有那种使人在看电影作周游时惝惝欲睡的音乐。我倒觉得西洋景里的那种本来有点儿吵人的微弱声响比电影里的音乐要好,那是一种铃声。每当一幅画面颤颤地跳离时,会先出现一个空格,以便给下一幅留出位置,那时就会出现几秒钟的铃响。每当这样的铃声响起时,巍巍山峦从上到下,都市里那些明净的窗棂,火车站那泛黄的浓烟,葡萄园里的每一片藤叶都浸透了离别的感伤。我敢肯定,就这一下无法将那些美景佳处一览无余。于是我决定第二天再来,虽然这样的决定从没有付诸实施。就在我还犹犹豫豫时,木柜后面与我隔开的整个布景晃动了起来,小框框里的画片随即晃晃悠悠地向左侧消失不见了。

　　这些一度盛行的西洋景艺术到了二十世纪就销声匿迹了。就其钟爱者而言,小孩子们是它最后的观众。画面中那遥远的世界对小孩而言并不一定是陌生的,有时候那遥远世界引发的渴望指向的并不是陌生之地,而是温馨的家园。因此,当我有天下午面对那座透明清晰的叫做埃克斯的小城时要对自己说,米拉波广场上那梧桐树遮护下的铺路石不就是我曾经游戏过的地方吗?

　　要是下雨,我便不在外面门口那五十幅图片目录前停留。我走到放映棚里面,发现挪威海岸边峡湾里椰树下的那种光亮和晚上我做家庭作业时照亮斜面书桌的灯光是一模一样的。除非有时灯源系统突然出故障,使得那美妙景观变得黯淡无光。这时它默默静卧于灰色天空之下。即便此时,我只要稍加留意,似乎还是可以听到其中的风声和钟鸣。

胜利纪念碑

　　它矗立在宽阔的广场上，就像月历上被描红的日期。随着最后一个色当纪念日的到来，人们本应把它撕下。我小时候，一年中要是没有色当纪念日是无法想象的。在色当战役结束后就只剩下每年的阅兵式了。因此当1902年克吕格尔大叔在布尔战争失败后坐车行进在陶恩特钦恩大街时，我与家庭女教师一起站在前去瞻仰的人群里，这位头戴大礼帽，靠在软垫上的先生曾"指挥了一场战争"。人们都这么说。而我当时觉得这样的事虽然很了不起，但并不是无懈可击的；如果这个人"指挥了"一头犀牛或是一头单峰骆驼而名声远扬，那又会是怎样？再说色当战役之后还能有什么伟业出现呢？随着法国的战败，世界历史像是沉入到了它辉煌的坟墓中，这胜利纪念碑就成了竖立其上的墓碑。

　　我小学三年级的时候曾登上那宽宽的台阶，阶梯通向纪念碑上那些统领胜利大街的君主们。此时，我关注的只是从两个角度为纪念碑背面大理石浮雕添彩增色的那两位随从。他们所处的位置比其主子低一些，因此可以很方便地让人尽收眼底。所有一切中我最喜欢的是那位用戴着手套的右手托着大教堂的主教，我曾用石制积木搭过一个比这更大的教堂。接着在我每次看到圣女卡

99

特琳娜的雕像时，没有一次不去看一下她的轮子；每次看到圣女芭芭拉时，没有一次不去注意一下她的塔楼。

有人曾向我解释过胜利纪念碑上雕饰物的由来。但我没有完全明白那些作为饰物的炮筒究竟意味着什么：是法国人当初推着用金子做的大炮进入了战场？还是这些大炮由我们用从他们那里拿来的金子做成的？胜利纪念碑的基座由一条可在上行走的圆形回廊组成。我从未踏进过这个被从里面湿壁画上的金色反射出的微光充溢着的回廊。我担心那里的一些画面会使我想起曾在大姨妈家沙龙里见到过的那本书里的图片。那是一部但丁《地狱》的精装插图本。我感到，那基座回廊里闪烁出辉煌业绩的英雄们，与被飓风抽打、被树桩碾得血肉淋漓、被大块冰山冻住而在忏悔的那帮人默默地一样声名狼藉。因此这个回廊其实就是地狱，是对碑顶上面光彩夺目之胜利女神周围受到恩宠的那群人的反衬。有时候回廊上会站立着一些参观者，在天空的映衬下，我觉得他们就像我贴画本里描上黑框的人物。在描完这样的黑框之后，我不正是拿着剪刀和胶水将那些类似木偶的小人贴到大门、壁龛和窗沿上的吗？上面回廊里的人群在天空阳光的映照中就是这无邪的任性刻意造就的。围绕他们的是永恒的星期天，或者是那永恒的色当纪念日。

电 话 机

　　不知是由于电话机构造本身还是由于记忆的缘故——可以肯定的是，小时候最初通电话时话机里的回音听起来和今天的就是不一样。那是一种夜晚的声音，没有缪斯为它报信。那声音所出自的夜完全就是万物诞生之前的那个夜。潜藏在电话机里的声音就像是一个新生儿。电话机是与我同日同时生的孪生兄弟。因此我亲身经历了它在最初几年是如何受到怠慢的。后来，当枝形吊灯、壁炉屏风、盆栽棕榈、着墙托架、雕花灯台和飘窗护栏这类曾在客厅里称雄的东西早已退出和销声匿迹时，电话机便告别了阴暗的过道，耀武扬威地迁入了年轻人居住的光线充足而明亮的房间，就像传说中被放逐山谷又凯旋的英雄一样。对年轻人来说，电话机成了他们寂寞中的安慰，它给失望地要告别这个肮脏世界的厌世者带来了最后一线希望，与被离弃的人分享床褥。电话机当初被放逐时人们视为刺耳的声音，现在由于大家对它的依恋而变得柔和了。

　　许多使用电话机的人并不知道它刚出现时曾在家庭中造成了多大的灾难。每当有位同学中午两点至四点打来电话给我时，电话铃的响声听起来就像是警报声，它不单单骚扰了我父母的午休，而且还使他们感到可以心安理得地午休的那个时代受到了威胁。对此，父亲与有关管理机构看法不一的情况常常发生，他甚至在投诉机构威胁对方并怒气冲冲地大发脾气。而父亲真正的发泄对象则是那个电话机手柄。他摇那手柄可达几分钟之久，简直到了忘乎所以的地步，这时候他的手就像一个处于迷狂状态的穆斯林僧侣那样无法控制。我心惊肉跳，我肯定，此时电话机那头没有处理好该事的女话务员会受到被手柄摇出的电流击倒的惩罚。

那个时候，电话机受到了压抑和排斥，它被挂在过道深处不起眼的角落里，一边是摆放脏衣服的箱子，一边是煤气表。在那里，响起的电话铃声将柏林市公寓本来具有的恐怖放大了几倍。每当我为结束那急促难忍的铃声而经过许久摸索，好不容易穿过暗黑的过道去拿下那两个像哑铃那么重的听筒将头嵌入其间时，我便毫无选择地只有听任话筒里那个声音的摆布了。没有任何东西可以削减话筒里这个声音对我的强行操控，我无力地承受着它对我就我的时间、计划以及义务所进行之思考的摧毁。就像由彼岸操控之声音所依附的载体也在俯首听命一样，我也完全听从了电话机那头向我发出的第一个最佳建议。

捉 蝴 蝶

　　在我还没上小学的时候，我们每年都去郊外的夏季别墅住上
一段时间，而且偶尔还会在夏天外出旅游。以后很长一段时间里，
我少年卧室墙边那个存放我早年收集之蝴蝶标本的大箱子还让我
想起那些别墅。那些标本中最早的几帧是我在酿酒山山间别墅的
花园里采集的。边部已经碰坏的甘蓝菜白粉蝶和翅膀有点亮过头
的黄翅蝶，使我回到了那令人兴奋不已的捕猎日子。那时候我经
常不知不觉地被飞舞的蝴蝶从整齐的花园小道引到荒野。荒野
里，清风与花香、树叶与阳光仿佛在矢志给蝴蝶的飞舞提供帮助，
面对这样的情景我完全陶醉。

　　几个蝴蝶扑簌扑簌地飞向一支花朵，停在了上面。我举起捕
蝶网，只等花朵魅力对蝴蝶双翅的驱停效力真正出现。可是，那柔
软的小身躯却轻轻拍动翅膀从侧面溜走了，同样无动于衷地停在
另一支花朵的上面，然后又像刚才一样，不碰一碰那朵花就突然飞
去。每当这些我本可以轻易抓到的狸蝶或水贞蝶用犹豫不定、摇
摇摆摆和稍许逗留来提弄我时，我真想让自己隐身于光和空气，以
便能不被察觉地靠近那猎物，将它擒获。后来，我的这个愿望是这
样付诸实现的：我让自己随着我所迷恋的那对翅膀的每次舞动或

摇摆而起伏。那个古老的猎人格言开始在我们之间起作用:我越是将自己每一根肌肉纤维调动起来去贴近那小动物,越是在内心将自己幻化为一只蝴蝶,那蝴蝶的一起一落就越近似人类的一举一动,最后擒获这只蝴蝶就好像是我为返归人形而必须付出的唯一代价。每次终于抓住了蝴蝶以后,我总是要穿过一条很难走的路才能回到放着标本箱的地方。箱子里装着乙醚,药棉,彩色大头针,还有镊子。此时,我身后的那个猎场是多么地狼藉不堪! 草都倒了,花被踩折了。那个猎人也将自己的身体连同捕蝶网一起抛出。面对如此的破坏、野蛮和粗暴,那只受惊的蝴蝶战战兢兢,却依然充满妩媚地躲在网中一个褶起的部位。在这艰难的回营路上,那些死去物的生灵进入了猎人意识之中。从蝴蝶与花在他眼前交流的那种陌生语言中,他领悟了一些天则。于是他的杀生欲减退了,而信念则得到了很大的扩充。

那只蝴蝶当时飞舞其中的空气今天全被一个名字浸透了。几十年来我再没有听谁提起过它,我自己也从未说起。其中蕴含着一些无以名状的东西,正是这种无以名状使成年人对孩提时代的一些名称无以探究。对这些名字的长时间沉默使它们变得神圣了。因此,满是蝴蝶的空气中颤颤巍巍地飘忽着这个名字:酿酒山。位于波茨坦边上的酿酒山山上有我家的夏季别墅。但这个名字已失去它原有的一切吸引力,当年山上的酿酒场今天已彻底没了踪影,如今,它顶多是一座由蓝色烟雾缭绕的山丘。每到夏天,它就从地面耸出,以使我和父母能在上面居住。因此,我童年时代波茨坦的空气是如此地蓝,好像飞舞其中的悲衣蝶、红峡蝶、晨光蝶和粉蝶被散布在一只利摩吉城的景泰蓝碟上,这种碟子会在深蓝底色的映衬下展现出耶路撒冷的平屋顶和城墙。

动物花园

对一座城市不熟，说明不了什么。但在一座城市中迷失方向，就像在森林中迷失那样，则与训练有关。在此，街巷名称听上去对那位迷失者来说必须像林中干枯嫩枝发出的响声那样清脆，市中心的小巷必须像峡谷那样清楚地映现每天的时辰。这样的艺术我后来才学会，它实现了我的那种梦想，该梦想的最初印迹是我涂在练习簿吸墨纸上的迷宫。不，它们不是最初的印迹，因为在它们之前还有一个延续更久、里面并不缺阿利亚德娜的迷宫。它里面的路跨过了本德乐桥，这座桥缓缓的桥拱对我来说成了第一座"山坡"。离"山脚"不远的地方是我的目的地：弗里德里希·威廉国王和路易丝王后。他们就像被前方水槽留在沙地上的神秘曲线紧紧吸住一般置身在一个圆形底座上，周围的一片花圃将他们醒目地托出。面对这两位统治者，我更关注他们的底座，因为底座上发生的事离我更近，虽然我那时还不清楚这些事的来龙去脉。我早就从它那宽大、看不出有任何特殊之处而平庸无比的前广场上，看出这个迷苑定有一些非同寻常的东西，而且这个离那条走豪华马车和出租马车的林荫大道仅几步之遥的前广场，正是这座花园最奇妙的部分所在。

对此我很早就有了预感。阿利亚德娜一定曾在这里或距此不远的地方待过。在她的附近我首次体悟到了那后来才得以诉诸言语的东西：爱。可惜，在它的源头出现的是那位"小姐"，她以冷冷的阴影笼罩着它。这座对孩子们来说看来比任何其他公园都要敞开的公共花园，就这样用一些难以理喻、无从入手的东西对幼时的我隐去了它真正的面容。对于池塘里的各色金鱼，儿时的我很少能够加以辨识；对于"宫廷猎手大街"这样的名字我本以为很有意思，而结果却让我大失所望；多少次，我徒劳地寻找过那片灌木，在那儿我明明曾看到过一座如同七彩积木箱般有红色、白色、蓝色尖顶的小卖部；每当路易·菲迪南（Louis Ferdinand）王子雕像下的第一丛藏红花和水仙花开放时，我对王子的爱戴总是石沉大海地随着春天的离去而返回。一条小溪将我和花丛中的王子隔开，使得他们对我来说显得如此地可望而不可即，仿佛立于一顶玻璃罩下。高贵立于冷艳。我终于明白，为什么那位去世前一直坐在我邻桌的路伊丝·冯·蓝岛（Luise von Landau）注定是住在那片小小野草地对面的绿茨福河岸，这片野草地上长着的鲜花被运河流水滋润着。

后来我又发现了一些新角落；也从别人那里懂得了不少东西。但没有一个女孩，没有一次经历，也没有一本书能够给我讲述这些新东西。直到三十年后一位熟悉柏林、号称"柏林老农"的朋友和我一样在长时间地远离这座城市之后回归故里，在他引领下，我们沿小道穿行于这个花园，将沉默的种子撒满他的小径。他在前面走上陡峭的小路，小路越来越陡。这路即便还不会将我们引向"众生之母"，但肯定会引向这座园林的"花园之母"。那位"老农"踏过沥青路，脚步激起阵阵回响。我们走过的石子路上有煤气路灯照射，那灯光显得暗黑而迷迷蒙蒙。花园别墅里那窄小的阶梯、柱式前厅、雕饰花纹以及柱顶过梁——首次被我们逐一按照其原有的样子加以辨认，尤其那楼梯间，里面的窗玻璃还是老样子，虽然居室内部已经变化很大。我至今还记得楼梯上的那些诗句，每次我放学后爬那楼梯中途停下喘息时，那些诗句便填补了我心跳的间隙。它们从窗玻璃上朦朦胧胧地沁入我的眼帘，玻璃上画着一个女人手握花环、像西斯廷圣母一样飘逸地从壁龛走出。我将书包带用拇指勾着甩到肩后，边喘气边念道："劳动是公民的光荣，幸福是辛苦的酬劳。"楼下的大门"嗤"一声关上了，就像落入坟中的魂灵回到了屋中。外面可能下着雨，一扇彩色窗棂敞开着，那阶梯随着雨点的节拍继续往上延伸。

　　那里的卡尔雅蒂德和阿德兰特、男童塑像和果树女神当时都曾注视过我，此时它们下方离我最近地站着的是那积满尘埃的男女看门神，它们守护着入世之门或是屋宇的门庭。它们将等待看作是自己的使命，不管是等待一个陌路人，等待旧神的重归，还是等待那个三十年前背着书包从它们身边溜过的小孩，它们都一如既往。在这些雕像的映衬下，柏林的老西区成了古代的西方。从那里来的西风吹向兰德维尔运河里的拖船，它们载着赫斯佩里登的苹果沿着运河慢慢向这边驶来，泊在了赫拉克勒斯桥边上。此时，像在我童年时代那样，长蛇星座和馁梅亚狮座（der Nemeische Loewe）又在大星座周围的丛林中各居其位了。

迟 到

学校内院里的那只钟看上去由于我的缘故被损坏了，它停在"迟到"上。当我轻手轻脚地慢慢走过走廊时，一些教室的门后传来默默支持我的喃喃自语声。门后的这些教师和学生都是朋友。忽而，一片沉默，仿佛人们知道有个人会出现。我没发出一丝声响地扭动了门把手，阳光直射到我站着的那个地方。我走了进去，随之也打破了我那宁静的时光。里面好像没人认识我，甚至也没人曾见过我。就像魔鬼抽去了彼得·施勒米尔①的影子一样，老师在这堂课开始的时候就把我的名字没收了。整整一堂课都没有轮到我发言。我不出声地与其他人一同学习，直到下课铃响。但是铃声并未给我任何好处。

---

① 彼得·施勒米尔（Peter Schlemihl）系德国诗人、小说家沙弥索（A. V. Chamisso，1781—1838）著名小说《彼得·施勒米尔美妙无比的经历》中将自己的影子出卖的人。从此该名字成了遭遇"不幸"或"厄运"之人的代名词。——译者

少年读物

　　从学校图书馆里我得到了最心爱的书,它们是分发给低年级学生的。班主任喊到我名字以后,那本我要的书就踏上了越过一张张课桌走向我的旅程:一个同学将它传给另一个,或者它会越过同学们的头顶被交到我手中。曾翻阅过它们的手在书页上留下了印迹,装订书页并在上下两端突出的装订线也脏乎乎的。尤其是书脊显然忍受了许多粗鲁的使用,因此封面和封底无法对在一起了,书的切面歪斜着,形成了一层层小阶梯和平台。有些书页上还挂有细细的网线,宛如树枝间晚夏的游丝。在初学阅读的时候,我曾把自己编织其中。

　　书被放在一张过高的桌子上。阅读的时候,我堵上两只耳朵。这种无声的叙说我何尝未曾聆听过? 当然不是听父亲说话。我冬天站在暖意浓浓的卧室窗边,外面的暴风雪有时会这样向我无声地叙说,虽然我根本不可能完全听懂这叙说的内容,因为新雪片太迅速而密密地盖住了旧雪片。我还未及和一团雪片好好亲近,就发现另一团已突然闯入其中,以致它不得不悄然退去。可是现在时机到了,我可以通过阅读那密密聚在一起的文字去寻回当初我在窗边无以听清的故事。我在其中遭际的那些遥远异邦,就像雪片一样亲昵地交互嬉戏。而且由于当雪花飘落时,远方不再驶向远处,而是进到了里面,所以巴比伦和巴格达,阿库①和阿拉斯加,特罗姆瑟②和特兰斯瓦尔③都坐落在我的心里。书中久置的气息缭绕在这些城池中,其中的流血和惊险是那样地让我心醉神迷,以致我对这些被翻破的书本永远忠心耿耿。

　　或许我还忠心于那些更破旧、已无法再找见的书籍?也就是那些我仅在梦中见过一次的美妙无比的书籍?这几本书叫什么名字?我除了它们已失踪许久和再也无法找见之外,便一无所知。而梦中,它们静躺在一个柜子里,醒来之后我不得不承认,这个柜子是我从未见过的。可是在梦中我们就像是老相识。这些书不是竖立着,而是平躺在柜子里一个气候多变的角落。书本里是雷雨交加。随意打开一本,我便会被带入一个封闭的世界,那里变化多端、迷糊幽暗的文字正在形成孕育着纷繁色彩的云朵。这些色彩翻腾着,变幻不定。最后,它们总是变成一种宛如被宰杀后动物内脏颜色的紫色。那些书的名字与这种不被重视的紫色一样不可名状和意味深长。我觉得,它们一本比一本离奇,一本比一本亲切。可是,就在得以拿到那本最好的之前,我醒了,还没来得及触摸一下那几本旧旧的少年读物,哪怕是在梦中。

---

　　①　阿库(Akko)系以色列北部的一座城市,曾是巴勒斯坦重要的港口城市。——译者
　　②　特罗姆瑟(Tromsoe)系挪威北部的一座港口城市。——译者
　　③　特兰斯瓦尔(Transvaal)系南非的一个省份。——译者

冬日的早晨

　　每个人都有一个可以许愿的仙女,但是只有很少人还记得他曾许过的愿。因此,一旦日后生活中这些愿望得到实现也很少有人会察觉到。我记得自己那个被成全了的愿望,我不想说,它比童话里的孩子所许的愿更机巧伶俐。冬天,清晨六点半,当手电筒的灯光向我床头移来,女佣的身影被投到天花板上时,这个愿望便出现在我心头。壁炉里燃起了火,很快那火焰便朝我这里望来,它好像被挤在一个过小的匣子里,被煤块挤得无法动弹。这个与我挨得蛮近的小匣子虽然比我人还要矮小,但正在开始形成那蔚为壮观的火焰,而女佣伺候它时则必须比伺候我时更低地弯下腰。这些事做完后,女佣就将一只苹果放进炉膛里烤。很快炉门的栅栏就被跳动的红色火焰映在楼板上。倦意依然的我面对这样的画面感到这一天已经别无他求了。冬天早晨的此刻都是如此,唯有女佣的声音打搅了我那时与卧室内物件的亲近过程。在百叶窗还没有被拉起来时,我已经急不可耐地把炉门的插销拉开,要去看看炉膛里的那只苹果怎样了。有时候苹果的气味还一点没起变化。于是我就耐心地等着,直至我觉得已嗅到那泡沫般酥松的香气,它似乎来自比圣诞夜树木的芳香更深、更隐匿的冬天角落。那只苹果,那个幽黑而暖暖的果实就躺在那里,它是多么熟悉但还是有所变样,就像一个作了长途旅行之后回到我身边的好友一样。那是在漆黑炙热的炉火之邦的旅行,这炉火将我一天所能遭际物的所有香气都浸染在这只苹果中。因此,每当我捧着那只两颊发亮的苹果而手心感到暖烘烘时总是迟疑地不愿咬下去,也就不足为奇了。我感到,苹果的香气里含有着隐隐的传达,一旦咬下去,它太容易从我的舌尖溜走了。这种传达有时还会久久地勉励我,甚至在去学校的路上还会给我慰藉。到了学校,似乎已经消失的整个疲倦在我碰到书桌时自然加倍地向我袭来,随之而来的是这样的愿望:要好好睡个够。我应该已千百次地许过这个愿,而且这个愿望后来真的实现了。但是经过了很长时间,直到对能有个工作、有个固定收入的希望总是落空时,我才意识到这一点。

斯德格利兹尔街与根蒂纳尔街交汇处的街角

那时，每个人的童年中都会出现这样的姨妈形象，她们已经不再离开自己的房子了。每次我们和妈妈一起去看她们时，她们总是已经等候在那里，总是戴着同一顶黑色小帽，穿同一件真丝外衣，总是坐在同一把靠椅上，从同一扇挑楼飘窗里向我们示意。就像仙女无需落下就能使整座山谷映现她的身影，无需亲临战阵就能统辖整个街区一样。雷曼(Lehmann)姨妈就属于这样的人。雷曼这个本分的北德家姓使得她可以当之无愧地一辈子固守在这座高悬于斯德格利兹尔街与根蒂纳尔街交汇处的挑楼上。这个街角属于几乎没有被三十年来城市变迁波及的那一种。只是在此期间，街角那幅对于当时还是孩子的我笼罩着的面纱已经落下：那时我没有将这条街读作斯德格利兹尔，而是叫成"金翅雀"。而雷曼姨妈不正像一只会说话的鸟儿住在她的笼子里吗？每当我走进这个笼子时，里面往往是已经充满了那只黑色小鸟唧唧喳喳的声音，她曾经飞遍了自己家族分布在各地的所有巢穴和农庄，将农庄和家族的名称——当时两种名称往往完全相同——都记在脑中。姨妈熟知逊弗利斯，拉维策尔，兰兹贝尔格，林登海姆，还有斯达加德这些家族之间的亲属关系、所住地点以及吉凶大事。这些家族过去曾以牲口和谷物贸易为业居住在麦尔克斯和麦克伦堡地区，而他们的儿子，或许已经是他们的孙子现在则定居在柏林的老西区。这里的街道以普鲁士将军或者有时也以居民们所来自的小城命名。当我很多年以后坐着快速列车从这些偏僻的小城急速穿过时，我常常从铁路路基这边朝那些小屋、庭院、谷仓以及山墙望去，并且问自己：我小时候去探望的那些老姨妈的父母们，当时不顾时间的演递抛在脑后的也许正是眼前这些东西的影子。

那里，一个沙哑而有点含糊不清的纤细嗓音在向我问好。然而对我来说，没有任何问好的嗓音像雷曼姨妈的声音那般细腻，那般沁入我心田。我还没有跨进门槛，姨妈就开始忙忙碌碌地招呼人将一个大大的玻璃箱子放在我面前，箱子里非常逼真地装着一整座矿山，里面的小学徒工、矿工和工长推着小车，提着榔头和矿灯完全随着钟摆的节奏在走动。这种玩具——如果还可以这样称呼它的话——来自那个富裕市民家庭的孩子还会对工场和机器感兴趣的年代。在那时的所有玩具中，矿山一直是最受喜爱的，因为在那里不但可以找到让人忘记挖掘之辛劳的宝贝，而且还可以引发那种与血脉相连的凝神关注，即彼德麦耶尔派中的让·保罗、诺瓦利斯、蒂克和维尔纳对之着火入迷的那种自然激情。

这种带挑楼的居室就像贮存宝藏的房间所必须的那样是两进的。紧连着楼房正门，过道左侧装有门铃的便是那扇通往公寓居室的门。门被打开后，展现在眼前的是一座陡得让人心惊胆战的楼梯通往上面，这样的楼梯我后来只有在农屋里才见到过。从上面射下一束煤气灯光，幽暗光线中站着一个老女佣，在她的保护下我随即跨过了通向这个昏暗公寓前厅的第二道门槛。要是没有这位老女佣，真是无法想象如何在这样的公寓里居住。由于这样的老女佣和主人共同分有着一份缄默而宝贵的回忆，所以她们对主人旨意的领会有时并不需要由语词来传达，她们懂得如何在每个陌生人面前体面地代表她们的主人。对于我的到来，她能坦然自如地轻易做到这点，对于我的情况她常常比她的主人更清楚。因此我会用钦佩的眼光不断地看着她。一般情况下，她们都比其主人们更结实敦厚。有时候我觉得，那间摆着矿山玩具和巧克力的沙龙甚至还没有这间前厅有意思。前厅里的老女佣总是在我进门时把我的大衣如释重负地脱下，在我走时又把那顶帽子像为我祝福似的扣到我脑门上。

两幅谜一般的景象

在我收藏的明信片中,有几张写了字的那面比有图像的那面在我记忆里留下了更深的印痕,它们上面留有优美而清晰的签名:海伦娜·普法勒(Helene Pufahl)。这是我女教师的名字。名字开头那个字母 P 意指义务(Pflicht)、准时(Puenktlichkeit)和成绩优秀(Primus),f 是听话(folgsam)、刻苦(fleissig)和完美无缺(fehlerfrei)的意思;至于最后那个字母 l 则意味着宛如羔羊般温顺(lammfromm)、值得颂扬(lobenswert)以及勤奋好学(lernbegierig)。如果这个签名如闪米特语那样完全由辅音组成的话,那么它不仅会成为完美书法的标志,而且也会成为一切美德的根源所在。

普法勒小姐班上坐着的男孩和女孩都来自柏林西区最富裕的市民家庭。但是人们彼此并不那么认真,因而有一个贵族子女误入班中。她的名字叫路伊丝·冯·蓝岛,这个名字不久便吸引住了我,直至今日这种魔力还依然如故,但那不是异性间的引力,而是因为这个名字是我听到的同龄人中第一个落上死亡重音的名字,那是在我离开这个班升入到中学一年级之后的事。如今,每当我来到绿茨福河岸时,总禁不住用眼光去搜寻她住过的那座楼。

它恰巧与河对岸的一个小花园相对,那花园一直垂向水中。随着时间的推移,我如此深深地将花园与那个吸引我的名字编织在一起,以致我最终深信无疑地将对面这个不可企及的花坛当作那个死去小女孩的无名坟茔。

取代普法勒小姐的是科诺赫先生。那时我已经在中学报到入学了,课堂里发生的事大多让我反感。但是科诺赫先生有一种惩罚学生的方法并非如此,那是他一直留在我记忆里的原因所在。那与其说是惩罚,不如说是在预示未来会发生的事。当时我们在上唱歌课,练唱的是《瓦伦斯坦》中的《骑士之歌》:"上吧,战友们,让我们跨上战马,让我们跨上战马!冲向战场,奔向自由。战场上,男子汉价值无量;战场上,他们的心尚需被掂出分量。"科诺赫先生问班上的同学最后一句的含义应该是什么。当然没人能回答。这好像很中科诺赫先生的意,他解释道:"等你们长大了就会明白。"

那时候,成年人世界的河岸隔着漫漫岁月的河流对于当时的我是那么地不可企及,就像运河对岸那个朝我这边张望的花圃,小时候保姆小姐搀着我的手在河边散步时,我从未踏进去过。后来,当没有人再来指定我的道路,当我已经明白了那首《骑士之歌》的含义时,有时我走过兰德维尔运河边那个花圃时会与它靠得很近。但是里面的花好像开得比以前少了,而且对于那个我曾经与它一起牢记在心的名字它已经不再记得了,就像《骑士之歌》中的歌词由于我现在懂了也就不再含有当时科诺赫先生在唱歌课上曾向我们预示的含义。那块空空如也的墓地和那颗"被掂出分量的心"——两幅谜一般的景象,至今生活还没有向我解出它们的谜底。

农贸市场

听到 Markthalle 这个词人们首先想到的并不是农贸—市场（Markt-Halle）。不，那时有人将这个词念作"塔乐—边区"（Mark-Thalle）。就像基于不同发音习惯这个复合词往往被读出不同含义而使之在任何情况下都失去其原有的意思一样，在我穿越这个市场的习惯方式中，该市场所有通常的画面也变得模糊不清，以致它不再具有了原来买和卖的含义。在推开那扇紧紧的、稍驰即收的弹簧拉门穿过前厅之后，映入眼帘的首先是被养鱼水和冲洗水弄得又湿又滑的瓷砖地面，走在上面很容易不小心一滑就踩到胡萝卜或莴苣叶。在编了号的铁棚屋后面端坐着那些胖得步履艰难的售货女人，她们是掌管可买卖物品的女祭司，是兜售各种田里长的和树上结的果实，各种可以吃的鸟类、鱼类和哺乳类动物的集市女人，是拉皮条的女人。这些被绒线裹着的大块头神秘莫测地在售货棚之间相互交流着，不管是通过大纽扣闪出的光线，通过拍打围裙发出的声响，还是通过伴随着胸脯起伏的叹气声。她们裙沿下在翻腾、簇拥着的不正是真正肥沃的土壤吗？那些野果、硬壳动物、蘑菇、大块大块的肉和一堆堆白菜之类的商品不正是某个市场守护神亲自投入她们怀中的吗？她们一边不动声色地心系着这些被托付给她们的商品，一边又漫不经心地或是靠在木桶上或是将链子松弛的货秤夹在两膝之间，默默地审视着一批批走过的家庭主妇们，这些主妇提着满满的网兜或口袋，艰难地指示着走在身前的小孩穿过又滑又臭的小道。

发 高 烧

我发现每一次生病都是这样开始的,那倒霉的病是以多么稳健的步骤,多么不经意而机敏地侵入我体内。它从不愿招摇过市,开始的时候只是皮肤上起一些斑点,伴有一些恶心的感觉,好像疾病已经习惯了等待,直到医生为它准备好了营寨。医生来了,仔细看了看我,告诫大家重要的是让我卧床休息等候病情的变化。他禁止我阅读,而我本来就还有更重要的事要做。趁着还有时间而且脑子也还没有混乱不清,我开始把将会发生的事在脑中过一遍。我用目光估量着床与门之间的距离,问自己,我还可以有多长时间向门那边的人发出呼唤。我在想象中看见了那只边缘带着母亲请求的勺子,它先轻悄悄地接近了我的嘴唇,后来才原形毕露,把苦涩的药水猛地倒入我的喉中。就像喝得醉醺醺的人用数数和思考问题来验证自己还算清醒一样,我也数着映照在我房间天花板上摇曳的太阳光圈,把墙纸上的菱形图案不断地重新归成一组一组。

我小时候常常生病,别人所说的我很有耐心可能由此而来。其实这并不是什么美德,我只是喜欢远远地看着我所关注的那一切渐渐来临,就像我在病床上慢慢等待一切的来临一样。因此,如果不能在火车站长时间地等一下火车的到来,那么旅行对我来说似乎也就缺少了最大的乐趣。出于同样的原因,我也热衷于赠送礼物,因为我作为送礼者可以早早地就预见到对方的惊喜。是的,我内心有一种用等待来面对即将来临的事物的需要,就像病人靠着背后的枕头用等待来面对即将发生的事一样。正是这种需要使得后来那些女人对于我来说越是让我等得沉静和长久,就越发显得美丽。

我的床,这个本来最孤寂和清静的地方,现在受到了大家的重视和关注。很长一段时间里,它不再是我夜间那些隐秘活动的场所:比如看闲书和玩蜡烛。这段时间里,我每夜偷偷读完后用最后一点力气藏到枕头底下的那本书不在那里了,"熔岩流"和使蜡烛硬脂熔化的小火源在这几星期中也没有了。是的,生病也许归根结底只不过夺去了我那无声而紧张的游戏,这种游戏对我来说无不充满了隐秘的恐惧——这正预示了我成年以后由那在同样的夜之边缘所做的同样游戏伴随着的恐惧。生病其实是必不可少的,这样我才会有一个纯净的内心。由此它成了如此清新、就像每晚铺好床后等着我的那块没有一丝褶皱的床单那样洁净。通常都是妈妈为我铺床。我躺在长沙发上看着她怎样将枕头和被子抖了抖,想着那些晚上先帮我洗浴,然后又将晚餐放在瓷托盘上端到我床边的情形。从瓷托盘漆面下画着的野覆盆子枝叶群中钻出一个女人,费力地迎风举着一面大旗,上面有这样一句竞选口号:"走到东,走到西,来到家里最欢喜。"对这样的晚餐和覆盆子枝叶花纹的回想由于身体对食物的不屑一顾而令我倍感愉悦。我不思茶饭,但却特别渴望听故事。故事中汹涌的激流席卷过我整个身体,将病体像河中的漂浮物一样带走。病痛宛如一座堤坝,只在开始时对故事的讲述实施了抵抗。后来,故事的力量越来越强大,堤坝便被推倒,被冲到了遗忘的深渊中。抚摸为这股激流备好了床榻。我深爱抚摸,因为这时从妈妈手中潺潺流出我随即就能听到的故事。从这些故事中我获得了一些对祖先的了解。人们一个劲儿地向我讲述某位祖先的生平故事或一位祖父的生活条规,仿佛要由此让我明白:放弃这个与生俱来的世家王牌而早早死去太过于仓促了。妈妈每天两次来检查我离死亡已经有多近了。她小心地拿着体温表走到窗前或灯下并如此地对待那只小细管,仿佛我的生命就装在里面。后来我渐渐长大,对于我来说,解读出身体中的灵魂所在并不比读出那根我肉眼难以看清的细管中生命之线的刻度更加困难。

量体温着实要折腾一番。量完以后我最想做的事就是一个人独处,跟枕头游戏。在还不清楚什么是山脉和丘陵的时候,我对枕头造成的峰岩已经很熟悉了。由此我其实与那就山脉和丘陵的魔力已同出一辙了。就这样,有时我让峰岩下面出现一个洞穴,我爬进去,将被子蒙在头上,把耳朵凑向黑乎乎的洞口,间或用由宁静唤起的已听过故事的话语去填补这宁静。有时手指也加入了进去,或是自行排演一场戏,或是组成"百货商店",在由两个中指扮演的柜台后面,两个小拇指向我自己扮演的顾客殷勤地点着头。但是,我的兴致变得越来越小,我也越来越无心监督手指的游戏,最后,我几乎不带任何好奇地注视着手指的所作所为。它们就像一群懒散而可恶的社会渣滓,在城市发生火灾时趁火打劫。听信这帮家伙简直不可思议,因为他们虽然天真无邪地结了盟,但不能保证这些家伙会不会像他们悄悄地聚在一起那样又悄无声息地各奔东西,而且他们各自逃走的路有时是禁止通行的。路的那一端是一个甜美的犒劳在吸引着他们,他们跑走时紧闭的眼帘后面那火一般的雾霭中飘浮的正是这个诱人的犒劳。虽然我竭尽了努力或百般用心，还是无法使这放着我床榻的房间与外面的家庭生活完完全全衔接上。我必须等到晚上。那时候，手电筒在门被打开之后将它的弧形光圈摇摇晃晃地掠过门槛向我移来，这时，仿佛那个搅动白昼时光的金色生命之球像进到一个偏远的角落那样，第一次找到了进入我这个斗室的路径。在夜晚还没有在我这儿使自己安歇妥当之前，对我来说新的生活已经开始了。这时候，发热的体温在手电光下一刻比一刻高。单凭我躺着这一点就使我从这光线中得到了一个别人没有那么快就能得到的好处：我利用我的静卧和我躺着的床与墙之间较近的距离，用光映照在墙上的手影去迎接那片光线的到来。这样，我手指所做的所有那些游戏现在又在墙纸上更加飘忽不定，更加壮观和坚实地重现了。我的游戏书里这样写道："不要害怕夜间的影子，快乐的孩子利用它们来做有趣的游戏。"接着是一些配有丰富图案的游戏指南：教人们如何在床边的墙上投射出北山羊、掷弹者、天鹅和兔子的影像，而我自己除了会做张开的狼嘴巴以外其他都不会。但是，这只狼的嘴巴张得如此之大，以至于我不得不把它当作了芬利斯狼。我在身处的房间中放出这头狼去毁灭世界，正是在这个房间里，人们将我生病的权利都剥夺了。有一天病退了，病情的渐渐好转就像分娩一样使我与母亲的维系变得不再那么紧密了，尽管我克制着痛楚，用发高烧试图再次挽回这种关系。在我的生活中，佣人开始越来越经常地替代着妈妈。一天早上，虚弱的我在间断了很长时间之后重又听到了从窗外闯入的拍打地毯的声音，这种敲击声对那个孩子来说比恋人的声音对于一个男人更沁人心脾。这种拍打地毯的声音是社会底层人，即那些真正成年人专有的发声，它从不会突然中止，总是专注于那件事；有时候它不慌不忙，慵懒无力地恭候任何人的吩咐；有时候它又陷入一种无法解释的狂奔，就像人们匆忙地躲避暴雨。

疾病就像悄然到来一样又悄悄地离去了。但是，就在我快要完全忘记它的时候，它却在我的成绩簿上向我发出了最后的示意：簿子的下角标出了我缺课的小时数。可是，它们并不像我病中度过的时光那样灰暗单调，反倒像残疾军人胸前佩戴的功勋带一样色彩斑斓地排列着。是的，成绩簿上的这一排记录在我眼中其实是一列长长的荣誉标志：缺课，一百七十三小时。

水　獭

就像人们通常会从一个人住的房子和该房子所处的地段得到
关于这个人禀性和特质的印象一样，我也这样审视着动物园里的
动物。鸵鸟在有斯芬克斯和金字塔模样的背景映衬下沿着路边一
字排开；河马宛如正全身心地与所侍奉的魔力交合的巫师一般栖
居在宝塔里。从鸵鸟到河马，没有一种动物的住处不让我热爱和
敬畏。但是在这些动物中单凭其栖居地的位置而显得有些特别的
并不多。它们大多栖居在动物园与园外咖啡馆或博物馆相接壤的
地带。栖身于这些地段的动物中，水獭尤其引人注目。它离动物
园三座大门中坐落在列支敦士登桥边的那座最近。这座门在三座
中最少被使用，而且还通向园中最死寂的区域。迎候参观者的那
条林荫路，由于两旁枝形吊灯上白色圆球的缘故而显得很像埃尔
森（Eilsen）或巴特·皮尔蒙特（Bad Pyrmont）的某条人迹稀少的林
荫道。还在动物园里这样的角落由于荒凉而显得比古罗马浴场更
古老之前，它们曾有很长一段时间具有着昭示即将来临事物的效
力。那是一个先知先觉的角落。就像据说有可以使人具备预见未
来能力的植物一样，有些地方也同样具有类似的神奇效力。那往
往是些僻静冷清的地方。还有长在墙边的树梢、死胡同或人迹罕
至的前花园也具有这样的功能。在这些地方，一切原本即将来临

的事物仿佛都已成了过去。水獭的栖居地就是动物园中的这类区域。每当我迷了路来到这里，我总会欣喜地向喷泉池那边望去，这喷泉就像疗养院中央的那座一样高高喷起。这是水獭的樊笼。那是一个真正的樊笼，因为这只动物所住的水池护栏被粗大的铁条围着。这个椭圆形水池的背景里缭绕着小假山和洞穴，那是作为水獭栖息地而设计的，但是我却从未在那里见到过水獭。于是我经常在这个望不到里面的黑色深渊前无休止地等待，期盼能在什么地方看见那只水獭。可是，就算我好不容易终于发现了它，那也肯定只是短短的一瞬。刹那间，这个晶莹莹的蓄水池居民又消失在了湿漉漉的黑色中。当然，人们饲养水獭的这个地方并不是一个蓄水池。但是每当我朝那水里望去的时候，总是觉得全城的雨水都流入下水道只是为了汇集到这个池中以滋养这只动物，因为在此居住的这个水獭是一只娇生惯养的动物，对它来说，这个空荡潮湿的洞穴与其说是栖身之所，不如说是一座庙宇。这个水獭是一只神圣的雨水动物。我无以断定它究竟是从这雨水中诞生的，还是仅仅受到其溪流的滋养。水獭总是特别地忙碌，好像一刻也离不开它的洞穴似的。但我还是乐意在美好的日子里久久地把额头贴在栅栏上，怎么也看不够它。这也同时表明了它和雨水的那种隐秘的亲缘关系，因为当雨水用它忽而细腻、忽而粗壮的牙齿把一天中的分分秒秒缓缓地拉得更长时，美好的日子就显得更美好，漫长的日子就显得更漫长。雨水就像一个小姑娘似的乖乖低头将雨丝伸向那把灰色的梳子。此时，我贪婪地望着那雨。我等待着，不是等它慢慢小下来，而是等它越来越大，越来越密集地簌簌落下。我听见它敲打着窗户，听见它从屋檐口流下，汩汩地流入下水道。我完全沉浸在美妙的雨中。而我的未来也在雨中潺潺地向我流来，就像人们在摇篮边唱起了催眠曲一般。我多么明白，人是在雨水中成长的。站在灰暗的窗户后面看雨的时候，我发现我的居所在水獭那里。但是，只有在我下次站在它的樊笼前时，我才会觉察到这一点。那时我又得久久地等待，直到那个黝黑而晶莹闪烁的身体跃出水面，随即又飞快地钻入水中去做那些急不可耐的事情。

孔雀岛和格灵尼克

夏天将我与霍亨佐伦王族拉近了，波茨坦的新皇宫，桑淑茜（Sanssouci），野生动物园和夏洛蒂皇家园林（Charlottenhof），巴贝尔斯堡的宫殿及其花园都是该家族的遗存，它们与我家的夏季别墅相邻。距皇家宫殿和园林那么近，却从来不会影响我玩游戏，因为我将皇家建筑投下阴影的那片土地当作了自己的王国。从夏天的某一日我被加冕为皇帝到晚秋我又将帝国还归原主，关于我的这段统治经历着实可以写成一部史书。我的整个身心也完全投入到了对这个王国的争战中。此间让人觉得离奇的是并没有其他什么皇帝来反对我，这些争战是我或是与这片土地本身或是与这片土地派遣来与我作对之精灵的厮杀。

在孔雀岛上的某个下午，我经受了最惨痛的一次失败。当时有人让我去草地里寻找孔雀羽毛，那个小岛由于可以找到如此神奇的猎物而对我产生了莫大的诱惑。可是，我上下翻遍了整个草地还是徒劳地一无所获，此时一阵哀怨袭上心头，它远甚于我对那些身着完好无损的羽毛在笼子前踱来踱去之孔雀的怨恨。对孩子来说拾到东西就像对成年人来说取得胜利。我要找的这样东西能使整个岛屿为我一人独有，让它只对我一人开放。只需拾得一根那样的羽毛我就可以占有它——不仅占有这个岛屿，还有那个下午以及乘渡船从萨克洛夫（Sakrow）上岛的航行。这一切只有通过我的那根羽毛才能完全地、不容置疑地归我所有。现在，小岛对我已经没有意义了，随之使我同样觉得失落的还有我那第二故乡：孔雀国。回家的路上我才在皇宫洁净的窗户里读到阳光反射出的那块牌子：今天我不该进到草地里面去。

就像如果不是因为一根未找到的羽毛而失落了一片已在手的土地，当时我的痛苦就不会那么无以慰藉一样，后来如果不是感到征服了一片新领地，那么我学会骑自行车的欢欣就不会如此巨大。那是在一个铺着沥青路面的体育馆里，那时，骑车运动是一种时髦，学习这门技艺就像现在学开汽车一样麻烦，而现在的孩子们则通过互相传授便学会了骑自行车。那体育馆位于格灵尼克边上的乡镇，它建于体育运动还不一定要在户外进行的那个年代，那时也还没出现那么多不同的竞技项目，因此每项运动令人羡慕地都有自己的场区和夸张的服装以和其他运动区别开来。人们从事体育运动的这个早期阶段还有一个特有的现象，就是在运动中，尤其在这里提及的骑车运动中非常追求别出心裁。因此这个体育馆中除了一般的男车、女车和童车外，还有更时髦的车型在穿行，它们有的前轮比后轮大四五倍，有的装有松软而高高的杂技车坐垫，上面的杂耍人员在揣测着实际高度。

游泳池里通常为会游泳者和不会游泳者辟开不同区域，这里在体育馆学车也有这样的划分，也就是说，有的人只能在馆里的沥青地面上练习，另有一些人则被允许离开体育馆到外面的花园里去练习。经过了一段时间后，我被划入了第二组。在一个美丽的夏日我被允许到外面骑车，我陶醉了。那条路上满是砾石，小石子噼啪作响,我第一次在对刺眼的阳光毫无遮挡的情况下骑车。体育馆里的沥青路是晒不到太阳的,路面宽宽很舒坦。而在外面却是每个拐角都危机四伏。轮子虽然没有打滑,路也还算平坦,但是我却觉得车子不听使唤地在自主前行,好像我从未骑过这辆车,在它的把手里好像出现了某种自主意志。路上每个凸起处都在刻意使我失去平衡。我早就忘了摔倒是怎么回事了,但是这种退隐多年的重力效应现在又开始出现。在骑过一段小小的上坡之后,路意外地猛然向下倾去,我从坡顶向下滑去,尘土和小石子从车子的橡胶轮胎下溅出一片烟云,路边的树枝在疾驰中嗖嗖地拍打着我的脸。正当我对找回平衡已不抱任何希望时,体育馆入口处平缓的门槛在向我招手了。怀着怦怦直跳的心,带着由刚才那个坡道惯性而来的疾驶,我坐在车上出现在了体育馆的遮篷之下。当我跳下车时可以肯定的是,那个夏日里所经历的一切都因为我与这个山丘的切身相接而稳稳当当地进入了我的怀中:科尔哈笙布吕克(Kohlhasenbrueck)火车站,格里布尼茨湖(Griebnitzsee)堤上通往湖边码头的拱形凉亭,巴贝尔斯堡宫殿上肃穆的城垛和格灵尼克清新的农家花园,就像诸侯领地或王国疆土通过联姻而稳稳当当地被划入了皇家势力范围一样。

一则死讯

那时我大约五岁。一天晚上,当我已上床躺着的时候,父亲出现在我的房里,来和我道晚安。他显然不是情愿地告诉了我一位堂兄的死讯。这位堂兄年纪已经很大,与我也不怎么相干。父亲在思忖着整个事件的来龙去脉,我对他的叙述有些心不在焉,然而对于那天晚上房间里的气氛却无以忘怀,似乎我当时就预感到某一天我还会与它发生关联。在我早已成年后,人们告诉了我那位堂兄死于梅毒。当时我父亲来到我房间是因为不想一人独处。可是,他找的是我的房间,而不是我。那天晚上,我的房间和我都不需要知己。

花园街 12 号

没有什么门铃的响声比这一个更友善了。在这套居室的门槛后面，我甚至感到比在自己父母的家里还要自在。顺便提一下，这条街并不叫花园之街（Blumes-Hof），而是花帽之街（Blume-zoof），那是一朵巨大的丝绒花，它从一个卷曲的套套里朝我脸上贴过来，花的中央便是我外祖母，我母亲的母亲，她是寡妇。要是你去探望这位居住在花园街上方这座铺有地毯并装有小栏杆的挑楼上的老妇人时，很难想象她会跟"斯菪亘（Stangen）旅行团"去作漫长的越洋旅行，甚至去沙漠游玩，而且每隔数年就要作一次这样的旅行。在我见识过的所有高档公寓中，它是唯一具有世界公民特点的。这一点并不是从公寓本身就能看得出来的。但是马多纳·第·坎皮格里欧（Madonna di Campiglio）和布林迪西、维斯特兰和雅典，还有其他她在旅行中寄出明信片的地方，所有这些地方都飘散着花园街的气息。外祖母大而潇洒的字迹有时散落在画面的下方，有时缭绕在画面上方的蓝天里，这表明外婆整个地就住在这些画面里，以致它们都成了花园街的辖地。而当它们的"本土"重新展现在我面前时，我总是如此充满惶恐地踏上它的地板，就好像这地板曾和它的女主人在博斯普鲁斯的波浪上跳过舞，那块波斯地毯里仿佛也还藏有撒马尔罕的灰尘。

用什么样的语词才能描绘出从这套公寓里发散出的那种几乎已无法追忆的市民阶层的踏实感呢？它诸多房间里的家具什物已经不会让今天的旧货商感到兴奋了，因为七十年代的产品虽然比后来的青春派坚固得多，但它们明显显得陈腐而老套。凭借这种老套它们尽管经受了时间的洗礼，但在时间演递问题上却只考虑到材料的耐用性而丝毫没有顾及适用性问题。公寓里充斥着这类家具，它们一意孤行地将几百年来流行的雕饰统统集于一身，充塞着刻意和漫长岁月的气息。落难在这里没有位置，即便是死亡也难以在此落脚。由于在这里没有地方可供死亡，因此公寓里的居民都死在疗养院里，而留下的那些家具在第一轮继承人手里就被变卖给了旧货商。在这里人们并没有想到会有死亡这样的事出现，因此这些房间在白天显得格外舒适宜人，而到了晚上则成了噩梦出没的场所。我踏进的那个楼梯间便是梦魇的栖息地，它先使我的四肢沉重无力，最终当我还有几步就要跨进那个渴望已久的门槛时，它又让我对之着了魔。类似这样的梦魇是我获取那份自在所付出的代价。

外祖母没有死在花园街。我父亲的母亲有很长一段时间就住在她的街对面，祖母比外祖母的年纪更大，她也同样是在其他地方去世的。所以这条街对于我来说成了仙境，成了虽已远去，但却永生不死的祖母们幽居其间的阴界。由于想象的幕纱一旦投向某片区域往往会使它周围泛起阵阵莫名情绪绎动的涟漪，因此想象也将花园街附近的那家殖民地货品商店变成了曾经也是商人的外祖父的一座纪念碑，因为这家商店老板的名字与外祖父一样也叫格奥尔格。这位早逝外祖父的半身像与真人一样大，和他夫人的肖像并排一起挂在通向公寓不太使用部分的走廊里。由于不同的情况，这些不太使用的房间又会重见天日。一位已出嫁女儿的来访致使人们打开了那间长年不用的贮藏室；大人们午睡时那间后房便对我敞开了胸襟；还有一间在裁缝被请到家时传出了缝纫机"咯嗒咯嗒"的声音。在这些不常用的房间中最让我看重的是那间内阳台，这或许是因为里面没有多少家具，不太受大人们的重视，或许是因为那里可以听见马路上轻轻传上来的嘈杂声，也或许是因为我可以从那里看到有看门人、儿童以及手摇风琴演奏者等其他人家的庭院。其实内阳台向我展现得更多的是声音而不是场景，因为这是一个高档居住区，庭院里从来不会太热闹，在这里干活的人也多少沾染了一些他们有钱主人所具有的悠闲，一周中总是留有着一些周末的气氛，因此星期日也就成了内阳台之日。其他房间都不是太尽人意，它们都不能完全容住星期日的气氛，而是让它像流水一样从筛子里漏了出去。唯有这个内阳台将星期日紧紧锁住，它与插着晾晒地毯架子的庭院和其他人家的内阳台遥遥相望。从十二圣徒教堂和马太教堂传来的沉甸甸的钟声装满了它，每一声回荡都不会从这里渗漏掉，一直到夜晚它们依然在里面层层叠叠，久久不散。

　　这套公寓里的房间不仅众多，而且有的还非常宽敞。外婆坐在挑楼上，在她的针线筐边上摆着的不是水果就是巧克力，我去时便可享用。为了对她说日安，我得先穿过那间巨大的餐室，然后再走过挑楼。在圣诞节的第一天到来时，这些房间才显示出了它们的真正用途所在。到了那天，这张摆放礼物的长桌因为众多的礼品而显得拥挤。桌边的座位一个紧挨着一个。如果大餐以后的下午某个年长总务或门房小厮还需要用餐的话，那么在座的就难保自己的座位万无一失。但是这一天的难题并不在此，而在这一天的开始，当房间大门的双翼展开时。这时，房间深处的圣诞树闪闪发光，长桌上到处是装着杏仁糕和杉树枝的诱人的彩色碟子，很多玩具和书本也在朝你招手。最好这时不要太仔细去观望它们，因为假如我太早地迷上了一件礼物，而它按规定却又落入他人之手，那么我就把自己的这一天给毁了。为了避免这样的结局，我像生了根一般站在门槛上一动不动，嘴角带着微笑，没人能说清那微笑是圣诞树的闪光还是那些为我准备、令我陶醉但又不敢去接近的礼物的光焰在我心中唤起的。而此时最终支配我的则是第三个原因，它比那些表面的原因，甚至那个我内心的担忧更深刻。由于这些礼物毕竟还属于它的主人而不是我，并且它们又很容易破碎，我害怕当着众人的面笨手笨脚地去触摸它们。只有当女佣在外面的地板上用礼品纸替我们将它们包好后，只有当它们的外形由此消失在包装纸和箱子中而它们那沉甸甸的分量给了我们确信时，我们才完全踏实地感到自己拥有了它们。

很多小时以后，我们把捆好的东西紧紧夹在胳膊下，走向暮色笼罩的街道。出租马车已经在楼门前等候，墙沿和木栅栏上的积雪完好无损，路面上的则已经比较浑浊，从绿茨福河岸传来了雪橇的叮当声。煤气路灯一个接一个地亮了起来，照亮了点灯人的路径，即便在这个甜蜜的节日夜晚他也必须肩上扛着灯杆。此时这座城市如此深深地陶醉于自己，就像一只由于我和我的幸福而变得沉沉的布袋。

冬日夜晚

　　冬日的夜晚,母亲有时会带我去商店。那时的柏林幽暗而陌生,在煤气路灯的光照中向前方伸展着。我们只在旧西区逗留,它的街道比后来人们偏爱的那种要亲和与朴素得多。此时,挑楼和柱子已经看不太清了,楼墙的正面则被灯光照得清晰可辨。不知是由于白纱布窗帘还是透明窗饰,或是煤气吊灯纱罩的缘故,那灯光虽照亮了房间,但并没有暴露什么。这是那种灯光本身具有的效果。它使我迷恋,令我神思,并且在我今天的回忆中依然如此。因此,在我收藏的明信片中有一张最令我珍爱,它展现了柏林的一个广场。广场四周的房屋是一片柔和的浅蓝色,挂着月亮的夜空呈现出一片深蓝色,硬纸板上月亮和所有房屋的窗户作为空白留在那里。要是将它们对着灯光,一片金黄色的光芒就会从云层和楼窗中照射进来。我不认识明信片展现的这个地方,明信片下方写着:"哈勒门"(Hallesches Tor)。于是,门(Tor)和厅堂(Halle)就汇集在一起,构成一个明亮的洞穴,里面寄托着我对柏林冬天的回忆。

弯　街

　　童话中有时会提到那种两边设有小商铺的拱廊街和长廊，那些商铺充满诱惑和危险。当我还是个小男孩时，曾对一条这样的购物街很熟悉，它叫弯街。在它最大的拐弯处是那围着红釉砖墙的游泳池，那是整条街最昏暗的地方。池子里的水每周都要更换数次，换水时大门口会贴出"暂停营业"的字样。这样，我就被延缓了刑期。于是，我转身到商铺的橱窗前，让琳琅满目的旧货商品把自己撩得热血沸腾。游泳池的对面是一家当铺，当铺前的人行道上挤满了买卖旧家用物品的人。这一带还是服装租赁的所在地。

　　在弯街转向西的地方有一个文具店，不知内情的人在看向这家文具店的橱窗时都将目光停在那些便宜的尼克·卡特小书（Nick-Carter-Heften）上，而我却知道在橱窗深处的什么地方可以找到那些有碍风雅的书籍。这个地方没有车辆过往，我可以长时间地站在橱窗前，先看一下里面的账簿、圆规和火漆印泥，做出无邪观望的样子，然后猛地将目光投向那些纸质造物的怀抱中。本能昭示出我们身上有着一种会被证实为最冥顽不化的东西，并与之交融。橱窗里的玫瑰花饰和灯笼欢庆着这次暧昧的邂逅。

　　离游泳池不远的地方是市立阅览室，那里虽然有铁制廊台，但我并不觉得它们高不可攀和让人不寒而栗。我预感到了自己命定的立身所在，还未走进去，我就闻到了它的气味。楼梯间里迎面袭来的空气又湿又冷，此时的我就像被裹进了一层薄薄的气流中。我羞答答地推开铁门，可是就在我还没有完全步入阅览室时，里面寂静的气氛就已开始使我浑身来劲。

游泳池里最让我讨厌的是和水管里翻腾的水声混在一起的嘈杂人声，这种声音一直传到游泳池前厅买票的地方，每个人都必须先在那里买由骨牌代替的游泳票。此后伸脚跨过池边的围子便意味着告别岸上世界，这之后就没有任何东西能替我挡住池内漫漫大水了。水里住着一位傲慢跋扈的女神，执意要将我们拉入她的怀中，用她冷冰冰的乳房喂养我们，直到我们完全从水面上失去踪影。

冬天，当我走出游泳馆回家时，街上的煤气路灯已被点亮，这阻止不了我故意绕道再去一下那个"我的角落"。我从背后走向它，好像要将它当场拿获。店铺里也已经亮起了灯，一部分灯光照在摆出的货物上，和街上照进的灯光交融在一起。在这重叠交织的光线中，橱窗显得比白天更充满暗示，这是因为由于意识到已应付完了今天的差事而使我对那些戏谑明信片和小册子上显然的猥亵内容产生了强烈的关注。我把心里那种蠢蠢欲动的东西小心翼翼地带回家，带到灯下。是的，还有我的床常常又将我带回到那家店铺和"弯街"上熙熙攘攘的人群中。我又遇到了那些老是碰撞我的家伙，但此时我已经不会像在路上那样对他们展示出愤然情绪。入睡使静静的房中有了安详的声息，顿时，游泳池里令我生厌的东西由之得到了补偿。

长 筒 袜

　　我可以随心所欲打开的第一个柜子是那抽屉柜,只要拉一下把手,门就会从锁里弹出,在我面前敞开。门后面存放着衬衫、围裙和内衣,这只柜子对我来说具有历险意味的地方来自这些衣服下面放着的东西:我的长筒袜。这些袜子按通常的方式包卷着堆放在那里,我必须将手伸到柜子最深的角落才能摸到它们。每双袜子的样子都像一个小兜子,没有什么比尽可能地将手伸到兜子最深处更有趣的了。我这样做不是为了暖手,吸引我伸到兜子深处的是它里面被我抓在手中的那个"兜着的"东西。当我用拳头把它攥住,努力确定了自己拥有这个柔软的毛线团时,展示谜底的游戏第二部分就开始了。这时我刻意把那个"兜着的"东西从它的毛线兜里拉出来。我将它朝自己越拉越近,直到发生了那件令人惊愕不已的事情:我把那个"兜着的"东西拉出来了,可是本来装着它的那个"兜子"却不见了。我不厌其烦地反复尝试着这样的过程。它使我领悟到:形式与内容、包裹与被包裹住的东西其实是一体的。它指导我用心从文学创作中去发掘其间的真谛,就像孩子用手将袜子从"兜子"里拉出来一样。

姆姆类仁

有一首古老的儿歌曾提到过类仁姑母(Muhme Rehlen),由于我当时不知道姆姆(Muhme)是什么意思,所以这个人物对我来说便幻化为一位精灵:姆姆类仁(Mummerehlen)。

我抓住时机学着把自己裹入(mummen)到那些本似云雾般的模糊词汇之中,这种发现相似东西的天赋其实不外乎是过去那种强制行为的微弱残余:变得相像并控制自己的行为。这种强制由语汇向我施加,那些语汇不是把我变成模范儿童,而是使我与居所、家具和服装相像。与周围的一切相像,使我变了样。我在家里就像一个软体动物栖身于十九世纪的一个贝壳中。现在回想起来,那时空洞得就像一只空空的贝壳。我把它放到耳边,听到了什么?听到的不是战场上轰轰的炮声,也不是奥芬巴赫的舞剧音乐,甚至也不是石子路面上的马蹄声或卫兵仪仗队的军号声。不,我听到的是被从铅皮桶放入铁炉中的灰炭燃烧时发出的短促的咝咝声,是煤气灯被点燃时发出的闷闷轰响,是街上车辆经过时灯罩碰撞铜箍发出的叮当声。此外我还听到一些其他的声音,比如钥匙圈的叮当声和前后楼梯的门铃声。最后,我也还听到了那首短短的儿歌。

"我想跟你讲讲有关姆姆类仁的故事。"诗歌的词句虽然走样了，但是它能体现我童年被扭曲了的整个世界。我第一次听到那些歌词时，里面的那位类仁姑母已经不明去向，而姆姆类仁则更难找到。很长一段时间里，我把盘子里的菱形图案当成了她的替身，那图案游弋在大麦粥或西米粥的热气中，我慢慢地用勺子去舀那个图案。对于她我不知道人们向我讲了——或只是想讲——什么。而姆姆类仁自己并不敢向我透露什么，也许她已几乎发不出声了。冬天雪花第一次飘落时，她的眼神从飘忽不定的雪片中闪现。这眼神哪怕只有一次与我相交，那么，此生就会感到莫大的欣慰。

捉 迷 藏

我已经知道这间居室里的所有藏身之处,而且回到这些藏身之地就好像回到人们肯定看不出有什么变化的一所房子里那样。而现在我的心剧烈地跳动着,我屏住呼吸,被物的世界围得严严实实,这个物的世界对我来说变得可怕地清晰,而且无以言状地与我靠得这么近。只有一个被施以绞刑的人才会如此这般的明白绳子和木头究竟意味着什么。躲在门帘后面,这个孩子自己也变成了某种吹动着的白腾腾的东西,变成了一个鬼魂;蹲着躲在餐桌下面,那张餐桌便使他成了神庙里的一尊木制偶像,餐桌那有雕刻的桌腿便是支撑起神庙的四根梁柱;躲在一扇门后面,他自己便是门,并将门当作沉重的面具,以一个超凡巫师的姿态使所有不知内情跨入门槛的人迷惑。他必须不惜一切手段避免被人看见。要是他被发现而做鬼脸的话,人们会对他说:只需做敲钟样就行了,而且所做的样子必须一直保持下去。我在藏身之处明白了其中的奥妙。谁发现了我,谁就能将我看成是桌下面一个神情凝固的神像,就能将我永远当作鬼魂织入门帘中,还能将我终生逐入沉重的门里。所以,只要搜寻者一找到我,我便会用大声叫喊来驱走为使我不被发现而如此这般让我隐身的恶魔——实际上,还未等到被发现时刻的降临，小孩就会发出这种自救的叫喊，以应对这一时刻的到来。这就是我为什么不知疲惫地同这样的恶魔进行抗争的原因所在。在这样的抗争中，整个居室是我所用面具的武库。然而每年一次在神秘的地方，在屋中摆设那空空的眼窝以及张开不动的嘴里，会藏有礼物。这种让人着迷的体验会变成科学。作为父母房间的工程师，我对他们那阴沉沉的居室不再迷恋而去寻找复活节彩蛋。

幽 灵

那是我七八岁时在我家巴贝尔斯堡（Babelsberg）夏日别墅前的一个夜晚。家里的一个女佣在栅栏门前还站立了许久，我不知道这个栅栏门通向哪条林荫大道。我在其荒芜的边界区域玩耍过的那个大花园已经对我关闭，该是上床睡觉的时间了。也许我已经玩够了最喜爱的游戏，因此，在被铁丝栅栏围着的灌木林里的某个地方，将我那支赫约尔卡手枪（Heurekapistole）的橡皮子弹，对准那些静坐在一个圆盘上并被镶嵌在绘制的树枝中的木头鸟，木鸟被子弹击中后便从圆盘上掉落。

我的心里一整天都藏着一个秘密——我前一天夜里的那个梦。梦里我看见了一个幽灵，那幽灵得以显身的地方我很难讲清。但是它和一个我虽然不得进入却知道的地方很相像，那是我父母卧室里一个用一面褪色的紫色丝绒帘子遮起的角落，后面挂着妈妈的晨袍。帘子背后的黑暗神秘莫测：这个角落与那个随着母亲衣柜的开启而敞开的天国简直如出一辙。那衣柜隔板的白色滚边上用蓝线绣着一段取自席勒《钟》里的诗句，隔板上叠放着床上和餐桌用品：床单，床罩，桌布，餐巾。熏衣草的芳香从装得满满的丝织香袋里飘溢而出，香袋在两扇狭窄的柜门后打褶的布套上摇摇晃晃。于是,曾在织布机上显示威力的神秘而古老的编织魔法就开启了地狱与天堂两个界域。而我的那个梦则来自地狱之国:梦中有一个幽灵在挂着丝绸的木制衣架上显身,它在偷那些丝绸。它既不把丝绸抢过去,也不把它们拿走。其实它没做什么,也没把那些丝绸怎么样。但我还是意识到,它在偷丝绸。就像传说中为鬼魂进餐作证的人虽然没有具体看到鬼在吃喝,但依然意识到有鬼在用餐。这就是我心里一整天都藏着的那个梦。

在做了这个梦后第二天夜晚的某个怪异时刻,我发现——好像在前一个梦之后又延续了第二个梦——父母进入了我的房间。但我看不到他们将自己关在了我的房间里。第二天早晨我醒来时,家里没有任何东西可以当早餐用。懵懂中我知道家里被抢了。中午,亲戚们带着最急需的东西来了。一帮人数蛮多的盗贼半夜潜入我家。人们解释说,幸好房子里的声息没有向他们暴露屋内住人不多。这次恐怖的盗贼造访持续到凌晨,父母亲一直在我房间的窗后徒劳地等待破晓,希望可以向街上发出信号。大人们要我为此事提供证词。但是对那个傍晚站在栅栏门前的女佣做了什么我一无所知。而对我认为知道得比较清楚的那件事——我那夜的梦——我则一字未提。

圣诞天使

这个节日从圣诞树开始。某天早晨,当我和大家一起走在去学校的路上时,街上的许多角落都被打上了绿色的印戳,这些印戳好像要将城市成千上百个角落和边沿像一个巨大的圣诞礼盒那样,牢牢地钉住。然后在美好的一天,它被撑破了,许多玩具、果仁、草编工艺品和圣诞树饰品从里面涌出:这就是圣诞市场。和这些东西一起喷涌而出的还有另一样东西:贫困。就像苹果和果仁裹上丁点儿糖后也可以和杏仁糕一起摆在圣诞拼盘上一样,穷人们也被允许在较富裕的城区兜售装点圣诞树用的银丝条和彩色蜡烛。富人们指派他们的孩子去买穷人的小布羊或者对他们做一些施舍,因为他们不好意思亲自去做这样的事。在此期间,圣诞树已经矗立在阳台上,那是母亲悄悄买来后让人从后面的楼梯搬上来的。眼前的节日一天比一天浓厚地萦绕在圣诞树的枝杈间,这比树上的任何烛光都要神奇美妙。庭院里的手摇风琴以圣歌充实着节日前的最后一些日子。节前的这段日子最终还是过去了,圣诞日终于又一次到来。此时此刻,我想起了我最初经历的那些圣诞日。

我在自己房间里等待着六点钟的到来。我在此后经历的节日不再具有如此等待那一时辰到来的情形,这种等待宛如一支箭头插在白昼的心窝上,颤颤悠悠。尽管暮色已经降临,我为了不将目光从天井对面的窗户移开还是没有点灯,此时可以看到那边的窗内已经点亮了第一批蜡烛。这是圣诞树亲历的所有时辰中最让人战栗的时刻,它将树叶和枝杈奉献给黑暗,只是为了使自己成为后院公寓朦胧窗棂中一个可望不可即的星座。这样的星座虽然不时对那些被遗弃窗子中的某一扇施与恩惠,但是许多窗子依然漆黑一片,还有一些窗子更是令人哀伤地在傍晚煤气灯的映照下枯萎。这幅景象使我发现,圣诞节里的这些窗棂含有着孤独、衰老、贫困以及穷人们闭口不提的所有苦难。这时我想起了父母刚刚准备完毕的礼物,心里顿生一种通常只有实实在在的幸福近在眼前时才会有的沉甸甸的感觉,在我带着这样的心情正要离开窗口时,我感到房间里是一个让人觉得陌生的世界。那只不过是一阵风,于是正在我唇边涌现的话语像鼓起的风帆,将一艘垂落的篷帆突然推向清爽的和风中:"年复一年,耶稣到来,降临人间,与我同在。"随着话音的消失,刚开始应着诗句显出形貌来的那位天使也倏然退去。我在空空如也的房间里没有再待很久,有人把我叫到对面房间,在那里,圣诞树已经辉煌闪耀,那光焰使我对圣诞树感到陌生,直到它被拔掉底座,扔入雪地或在雨中晶莹闪烁的时候,这种陌生感才消失。由此,节日就在它随着手摇风琴开始的地方落下了帷幕。

不幸事件和罪行

每天城市都一再给我有关这些事的承诺，而到了晚上这些承诺往往落空。就算发生了什么事，等我赶到现场时，一切也都已过去，就像神灵在凡人面前只作瞬息的显身一样。被洗劫过的橱窗，运出一具死尸的房屋，马路上一匹马跌倒的地点——我在这些地方站住脚，以便将那些事件会留下的气息好好闻个够。但是，随着那帮肇事者的四处逃去，这样的气息也一起烟消云散了。当救火车由快马拉着冲向不知在何处的失火地点时，谁能搞清它的去向？谁又能透过救护车的毛玻璃看清里面的情形？不幸从街上飘过，径直冲向了那些车子，我无法捕捉它的踪迹。可是，还有一种更加奇特的车子，它自然会像吉卜赛大篷车那样严格保守自己的秘密。这种车子上依然是窗子让我感到阴森可怕，它们被用铁条牢牢地封着，铁条之间的距离很小，根本不可能有人能从里面钻出来，正因为此，我一直竭力琢磨着可能会关在里面的那些罪犯。当时我不知道这些车辆押解的只不过是一些文件，因而尤其深切地感受到这些令人窒息的车子是运输不幸与灾祸的罐车。让我难以丢下的还有那条运河。河里的水是如此的幽暗，水流得又是如此的缓慢，以致它好像与所有伤心事都难解难分。但是，挂在许多桥边的

148

白色救生圈却都只是表面上与死亡定了亲,我每次经过时,它们都依然玉体未解。最后我只好满足于看看展示如何为溺水者救生的牌子。可是,这样的展示就像佩加蒙博物馆里的"石头武士"一样令我感到遥远。

对于这样的不幸事件,处处都预先设防了。城市和我都能让它化险为夷,可是它却无处可寻。是的,我多想能透过伊丽莎白医院紧闭的护窗板向里观望啊!每当我从绿茨福路向医院走来,我都发现这里有几扇护窗板大白天都关着。我问了之后才知道,这样的房间里住的是"重病号"。犹太人中有这样一个传说:死神的手指向哪家埃及人的房子,这户人家的头胎就必死无疑。听过这个传说的犹太人在想象那些房子时可能和我揣测那些护窗板紧闭的窗户一样充满恐怖。但是死神真的会去那样做吗?还是有一天护窗板会开启,那个重病患者变成了一个康复病人躺在里面?对于死亡、火情和打在我房间窗上而没有击破玻璃的冰雹,难道不能有人再去辅助一下吗?当不幸和罪恶终于发生时,有关的想象便完全被击破,梦与现实的界限也荡然无存,这不是很好吗?因此,有一件事我不知道是出自一个梦,还是不断进入梦中的真事。总之,每当我触摸到门链时就会想起这件事。

"别忘了先插上门链。"每当我被准许去开门时总会听到这样的叮嘱,直至今日我依然还像童年时一样惧怕有一只脚顶在门缝里。在这样的恐惧中有一次惊吓宛如炼狱之苦一般无限绵延着,这次惊吓显然只是因为没有插好门链而引发的。在父亲的工作室出现了一位先生,他穿着并不差,对于母亲的出现他好像没有看到,说话时旁若无人,似乎母亲只是空气一般。至于我在隔壁房间的存在对他来说更是微不足道。他说话的语调好像蛮客气,似乎不具有特别的威胁性。但是，当他沉默不语的时候，那种寂静却显得可怕无比。这个房间里没有电话，父亲的生命真是危在旦夕。他当时可能没有意识到这一点，就在他还来不及离开写字桌，只是站起了身，想将这位破门而入并早就站定脚跟的先生赶出去时，那位先生已经先发制人地关了门，拿下了钥匙。他断了父亲的退路，而对于母亲他始终未放在眼里。是的，最不堪忍受的是他对母亲的毫不在意，好像她与这个凶手兼勒索徒是一伙似的。

这次极为恐怖的生人贸然造访在我还没有搞清真相时就被平息了。由于这次惊吓，我自那以后总是很能理解就近冲向火灾报警器求援的人。它们像祭坛一般伫立在马路边，供人在它面前向主管灾祸的女神祈求。可以想象，人们报过警之后会作为唯一知情的行人倾听着远方救火车的警笛声渐渐驶近，此时此刻，报警人的心情会比看到救火车本身更加激动。可是，当警报声出现时，不幸事件中的最精彩部分几乎总是已经过去，因为就算真的发生了火灾，人们也不会真正看到火焰。仿佛这个城市妒意浓浓地在庭院深处或在成排的屋顶上养育着那稀有的火苗，而每个人都想目睹一下那只被藏在深处、滚烫而耀眼的火鸡。偶尔能看到消防队员们从里面走出，但是从他们身上看不到什么让人觉得值得看的东西。要是有第二批队伍带着皮管、梯子和水箱开进去的话，那么在一阵忙碌之后他们便会像前一支队伍一样变得懒懒散散，这种装备精良、戴着钢盔的增援队伍与其说是来与那看不见的火焰为敌不如说是来保护它们。但是，大多数情况下不会有增援的救火车开来，转眼功夫人们突然发现，就连警察也不见了，火也已经被扑灭。没有人愿意证实那是有人纵火引起的。

色　彩

　　我家花园里有一座不再有人光顾而废弃了的亭子,它的窗子五颜六色,因此我喜爱它。每当我走到里面,用手触摸一块块玻璃的时候,我便使自己幻化,幻化成玻璃上的景色:它时而如烈火一般熊熊燃烧,时而又尘土蒙蒙;时而如火苗一般微微闪烁,时而又郁郁葱葱。这就像用毛笔在作一幅水彩画,只要我在一片潮湿的云彩里点到哪些事物,这些事物便会朝我敞开它的整个身躯。这与吹肥皂泡时的情形类似。我幻想自己在肥皂泡里飘过整个房间,将自己融入泡沫色彩的晶莹变化中,直到泡沫破碎。当我仰望天空、玩耍珠宝和翻阅书籍时,我都会将自己迷失在色彩里,孩子到处都可以发现他们的猎物。那时候可以买到这样一种巧克力,它们交错有致地被排在精致的盒子里,其中的每一片又被彩色锡纸包着。这些小小的艺术品被毛茸茸的金线扎住封口,闪烁出绿色和金色、蓝色和橙黄色、红色和银色的光芒。盒子里不会有重复颜色的巧克力放在一起。有一天,那五彩缤纷的颜色向我迎面扑来,直到现在我还能感到当时紧紧吸住我目光的那一份甜蜜。这份巧克力的甜蜜滋味与其说要化在我的舌尖,不如说想进入我的心田,因为在我真正品尝这种甜蜜的诱惑之前,已经有一种更高的直感压过了我身上那次一级的欲望,并使我进入了另一境界。

针 线 盒

　　我们已经不再知道那种将睡美人刺伤，让她沉睡一百年的纺
锤了。可是，我们的妈妈和雪天里坐在窗边的白雪公主的母亲，即
那位王后娘娘一样，也在下雪天拿起针线坐在窗边，而她做针线活
时也只是由于手指上套着顶针才没有被刺出三滴血。而顶针自己
由此则在顶端显出了暗暗的红色，上面的小坑也像曾被刺伤后留
下的痕迹。如果将它对着光线，那个幽暗洞洞的尽头就会被映得
通红，对此洞洞我们的食指是非常熟悉的，因为我们喜欢戴上这个
小小的桂冠，悄悄做一次国王。当顶针套在我的手指上时，我明白
了为什么女佣们那样称呼母亲。她们的本意是"尊敬的夫人"
（gnaedige Frau），但是却把第一个字的音节弄得残缺不全，很长一
段时间里我都以为她们是在叫"缝纫夫人"（Naeh-Frau）。可是，对
我来说也实在找不出更贴切的头衔来标识妈妈无以逾越的权
力了。

　　就像一切权力拥有者的宝座一样，妈妈在缝纫桌边的这个宝
座也同样具有不可抗拒的魔力。有时我能感觉到这种魔力，被它
罩住时我便屏住呼吸，乖乖地一动不动。在我被允许陪妈妈去串
门或买东西时，她常会发现我衣服上还有些毛病。于是便把我已
经穿上身的海军服的袖口抓住，将上面蓝白相间的贴边缝牢一些，

或者飞快地在我海军领结上缝几针，使之"更显精神"。而我则站在那里，咬着浸了汗的帽檐带，味道酸酸的。此时此刻，我心里就因为针线对我的这种无与伦比的控制而升起了对抗和愤怒，这不仅是因为妈妈对我已经穿在身上的衣服的操心使我的忍耐受到了严峻考验，——不，更多的还是因为如此这般不考虑我的感受而在我身上动来动去与针线盒里的东西太不相称：那里有色彩斑斓的丝绸，有精致的缝衣针，还有大小各异的剪刀。我开始怀疑这样的盒子本来是否是用于缝纫的，而里面的丝线和棉线圈使我坐立不安地诱惑着我这一点更加强了这一怀疑。那诱惑来自线圈上的空心轴。丝线绕在轴上，轴的两头用薄纸封住，黑色的纸上用金字印着制造公司的名称和产品的编号。我禁不住巨大的诱惑，用指尖捅破了薄纸的中央。纸被捅破后，我用手指摸到洞里去时，心里感到无比的满足。

那些线圈并排放在针线盒的上端，那里有黑色的针链在晶莹闪烁，还有一一插在皮套里的剪刀。这一层下面是幽暗的底部，那里混乱一片，散开的线绞成一团，用剩的橡皮筋、衣服搭扣、各种零碎布头都堆在一处。在这些剩余物中还有一些纽扣，其中有些形状没有人会在什么衣服上见过。很久以后我又看到过一些类似的：它们成了雷公托尔车子上的轮子，一位普通中学教师在19世纪中叶将它绘制在了一本教科书中。隔了这么多年，我才通过这幅发白的小画证实了自己的那个猜疑：这样的针线盒原本并非用于干针线活。

白雪公主的母亲做针线活时外面下着雪。整个大地越静谧，这种安静的家务活就越显得高贵。天黑得越早，我们就会越多地拿起剪刀。这样，我们小孩也会有一个小时左右将眼睛盯着一根拖着粗棉线的针。每个孩子都默默地取出要绣的东西：硬纸盘，吸墨布，小布罩，并按照纸样图案将花绣上去。针在纸样上穿过，发出清脆的响声。我禁不住诱惑，不时去欣赏布背面线条交错的图案。每缝一针，布正面绣的花会越来越有样子。但是，布的背面则会增加一分零乱。

月　亮

　　月亮撒下的光芒与我们的白昼生活无关，被摇曳的月光照亮的这片土地似乎属于一个反地球或次地球区域。这个反地球或次地球不是以月亮作为它的卫星，反倒自己变成了围绕月亮运行的一颗卫星。它宽阔的胸膛不再起伏，时间是这胸膛的呼吸。造物主终于回归故里，可以为它重新披上被白昼撕掉的寡妇面纱。从木制百叶窗透进的苍白月光使我领悟了此道。我无以静心入睡，时隐时现的月光搅碎了我的睡眠。如果我在月光驻足房间的时候醒来，就会恍若被移身室外，因为房间除了月光之外，似乎谁也不欢迎。这时候，我的目光首先投向的是房间里两个乳白色的盥洗盆。白天里，我从未想到要去注意它们，然而那池盆在月光映照下却不同，尤其是池盆上沿绕了一圈的蓝边令我感到不悦，它给人一种错觉，好像这池盆的边缘是编织出来的，上面打着滚边——事实上，池盆的边缘是显出了皱褶，就像打了细褶的领子一样。圆乎乎的水壶竖立在两个池盆中间，是用与池盆相同的瓷做的，上面的花纹图案也与之相同。我从床上站起身时，这些水壶就会叮当作响，接着，摆在大理石盥洗桌上的碗杯和盆子也跟着响起来。我很高兴在夜的氛围中听到生命的信号——虽然它也只不过是我自己生命存在的回音。可是，这个信号并不可靠，它等候着以朋友的身份来欺骗我。这场骗局在我伸手拿起大腹玻璃瓶往杯子里倒水的时候发生了。咕咚咕咚的倒水声和我先放回玻璃瓶、然后再放回杯子时发出的响声，听上去如出一辙，因为我对之心醉神迷的这个次地球的每一处似乎都已被某个从前所占据。我必须重回那个世界。当我这时走回床边时总是害怕发现自己已经躺在那里。

当我的背重又触及床垫时，这种害怕才完全消除。接着，我便睡着了。月光渐渐从我房间抽身离去。当我第二次或第三次醒来时，房间往往已经漆黑一片。我的手首先必须鼓起勇气，去逾越睡眠之墓的边缘，这样才能找到躲避梦魇的护墙。在颤动的夜光使我和房间平静下来以后，我发现，世界上除了那个唯一执着不去的问题以外什么都没有了。这个问题是：为什么世界上存在着事物？为什么存在着世界？我带着惊异领悟到，世界上没有什么能迫使我承认这个世界的存在。它的不存在对于我，一点也不比它的存在更值得怀疑。存在对不存在眉来眼去地示意。当月光还在闪亮时，海洋和陆地并不比我的盥洗盆诱人多少。我的存在只不过是从前之我的沉积物。

两支铜管乐队

再也不会有像军乐队演奏的音乐那样不合人性、那样有失典雅的音乐了。挤在动物园附近的咖啡馆之间，沿莱斯特林荫大道向前簇拥的人流在军乐的激励下热血沸腾。时至今日我才认识到，这样的人流中潜藏的暴力造成了多大的恶果。对柏林人来说，没有什么地方会有比这里更高级的培训爱的教堂了：环绕这里的有居住着角马和斑马的沙地，有鸢和兀鹰栖息的秃树和礁石，有臭烘烘的狼圈，还有鹈鹕和鹭鸶孵化雏鸟的地方。这些动物的嚎叫声与定音鼓及打击乐的喧嚣声混在一起。就是在这样的氛围中，有个男孩平生第一次一边假装与身边的朋友专心说话，一边将目光紧盯住一位过路的女人。他如此地努力使自己不要从声调和眼神中被识破真相，最终还是未能看清那位过路女子的容貌。

在此之前很早的时候，他听过另一种铜管乐，而这两种音乐是多么地迥然不同：现在的这种沉闷而撩人地摇荡在树荫和帐篷下；先前的那种纯粹而亮爽，回荡在清冷的空气中，就像荡漾在一个薄薄的玻璃罩里。它从卢梭岛（Rousseau-Insel）那边幽幽飘来，激励着新湖上的溜冰者划出各种弯线和圆形。我那时做梦也想象不出这个岛名的来历，也根本搞不清它复杂的拼写，但我早就跻身在这些溜冰者的行列。因为它合适的位置，更因为它四季都热热闹闹，所以其他任何冰道都无法与这一个相比。其他冰道夏天如何了呢？成了网球场。而这里，岸边长长低垂着的柳枝绵绵延延，同样是这个湖，配着画框挂在外婆暗暗的饭厅里在等待着我。那时候人们喜欢画这个湖及其迷宫般的水道。人们在维也纳华尔兹的乐声中滑行着穿过那座桥；夏日里人们也是在这同一座桥的栏杆边观看船只在幽暗的水面上缓缓驶过。附近有纵横交错的小路，尤其还有那些僻静的避难之地——"大人专用"的长椅。沙坑那里的圆形广场呈现出如此景观：沙坑中央，有的孩子在挖弄沙子，有的呆呆站着，直到有人撞到他或者凳子那边的保姆喊叫他。保姆坐在长凳上，将婴儿车放在面前，专心致志地看着闲书，几乎不用抬眼便能照料孩子。

关于这个湖岸边的情况就这些。我在自己由于穿溜冰鞋而变得笨头笨脑的步伐中还能感到湖面的存在：我经过一阵溜滑之后越过冰面，两脚重又触摸到木板地，噼噼啪啪地走进一间烧着炉火的小屋。炉子边上有一条长椅，人们在决定解下冰鞋以前还可以再一次掂掂脚上的分量。我将腿斜搭在另一条腿的膝盖上，松开了冰鞋。这时我的两只脚底像是长了翅膀，迈着向冰冻大地频频点头的步伐，踏出了小屋。在回家的路上，小岛上的乐声还继续陪了我一程。

驼背小人

　　小时候，我外出散步时总喜欢透过地面上平铺着的栅栏向里窥视。这种栅栏让人站在橱窗前也可以发现：橱窗正下面有一个洞。这种洞穴是给深处地下室的天窗透气和透光用的。这样的天窗与其说是开向露天，不如说是开向地的深处。我的好奇心由此而生，我透过自己恰好站在上面的栅栏铁条向下张望，期盼着在这种上半部露出地面的地下室里看到一只金丝雀、一盏灯或者一位住户。如果我白天的这种期待落了空，到了当天夜里，事情有时就会反过来，在梦里会有目光从地下室向我注视，让我动弹不得。这种目光是那个戴着尖帽的地下精灵向我射来的。它刚使我毛骨悚然，随即便又消失得无影无踪了。因此当我有一天在《德国儿歌集》中读到下面的诗句时，我很清楚自己所处的情形："我走下我家地窖，想开桶把酒倒；那儿站着一个驼背小人，竟把我的酒罐抢跑。"我认识这帮喜欢捉弄人、喜欢恶作剧的家伙，而且他们以地窖为家也是不足为奇的。这是"一帮无赖"，与硬果山上偷小公鸡和小母鸡的夜贼——喊叫"天要黑啦"的缝衣针和大头针——是一路货。他们可能对驼背小人知道得更清楚，而我却无法进一步了解他，直至今日我才知道他怎么称呼。是妈妈最早向我透露了他的存在。每当我打碎了什么或将什么东西掉落在地，妈妈会说："笨蛋在向你致意。"现在我明白她指的是什么了，她说的就是那个盯着我看的驼背小人。小矮人盯着谁看，谁就会心不在焉，就会既不留心自己，也不注意那个小矮人，而是神志恍惚地站在一堆碎片前："我走进我家厨房，想给自己做一小碗汤；那儿站着一个驼背小人，竟把我的小锅打碎。"他出现在哪里，我在哪里就会掉落东西，掉的是什么东西也看不见，直到几年后看见大花园变成了小花园，大房间变成了小房间，大长椅变成了小长椅。它们萎缩了，仿佛长出了和小矮人一样的驼背。那个小矮人到处跑在我前面，抢先堵住我的道路。但他除此之外并没伤害我什么，只是这个灰灰的监护鬼不时让我重新忆起那些几乎被我遗忘，然而曾属于我的东西："我走进我家小屋，想吃麦片糊糊；那里站着一个驼背小人，竟将我的糊糊吃掉一半。"小矮人经常这样站在那儿。只是我从没有见到过他，而他却总是盯着我：在我捉迷藏时藏身的地方，在我站立的水獭笼子前，在冬天的早晨，在厨房过道的电话机前，在蝴蝶飞舞的布劳豪斯山，在铜管乐中我的冰道上。他虽然早就隐退，但是他的声音听上去如同煤气灯显赫的咝咝响声一般，站在世纪的门槛上对我轻声叮咛："可爱的小宝宝，啊，我求求你，请为驼背小人一起祈祷！"

附　录

旋转木马

　　载着可骑乘动物的台板紧贴着地面，它恰好处在最适于激发飞行幻想的高度。音乐响起，这个孩子便蓦地离开了母亲滑向前方。起先他害怕离开妈妈，但过后马上发现自己是多么勇敢。他像威严的统治者那样，安然高坐于那属于他的世界之上。在外围的边线上出现了连成一线排成行的树木和当地人。这时候，母亲也出现在了这样一个东方国家里。接着，丛林中冒出了一个树梢，这孩子是坐在木马上才见到了这根树梢，而他却像数千年前曾见过一样望着它。他骑乘的动物对他很忠心：他像一言不发的阿里翁那样骑在他那一声不响的鱼背上，来到了一头木制的公牛宙斯将他作为纯洁无瑕的欧罗巴拐走的地方。对万物周而复始的信奉早已成为孩子们的智慧所在，而生命也早已成为一种原始的统治狂热，隆隆作响的配器作为成功的关键处于这种狂热的中心位置。随着乐声缓缓放慢，世界便开始结结巴巴地说出话来，树木也开始会动脑思考问题，木马也成了越来越不确定的地基。母亲出现了，孩子从木马上跳到地上，凝视着绳索在钉得结结实实的木桩上缠绕着。

情窦初开

在一条我事后夜间常常无休止地漫游的马路上,我惊异地发现:在某种奇异无比的感觉里萌发了对异性的欲望。那是在犹太人的新年,父母决定送我去参加某处的礼拜活动,据我揣测,那好像是一个新教教派的活动,我妈妈出于家庭传统对这样的新教有几分好感。为此大人们特地委派一位远亲送我前往,而我那天不知是忘了这位远亲的住址,还是在他家附近迷了路,反正搞到了很晚很晚,而且我当时漫无目标的乱走越来越表明无望找到他家。这样一来当然也无法在犹太教会堂为我做什么仪式了,因为门票在那位远亲手里。事情之所以变得那么糟,主要原因在于我对那位要听命于他而又几乎不认识的远亲有些抵触,还有我对只会让人不知所措的宗教仪式持有反感。正当我不知所措而没了主意时,一股担心的躁动涌遍全身——“太晚了,犹太教会堂去不成了”——与此同时,就在这股担心还未消失的时候,心中又升起了全然无所谓的第二股涌动——“一切由它去吧,这些都与我没有关系。”这两股涌动直接汇聚在了那首次感到的性欲冲动中,使得对宗教礼仪活动的玷污与马路的撮合私通角色不可分地联在了一起。此时此境,马路首次让我感到它应该为初开的情欲服务。

图书在版编目(CIP)数据

柏林童年 / (德)本雅明著;王涌译. 一南京:
南京大学出版社,2016.6(2021.12 重印)
(精典文库)
ISBN 978-7-305-16792-8

Ⅰ.①柏… Ⅱ.①本… ②王… Ⅲ.①散文集一德国
一现代 Ⅳ.①I516.65

中国版本图书馆 CIP 数据核字(2016)第 091713 号

出版发行 南京大学出版社
社　　址 南京市汉口路 22 号　　　　邮编　210093
出 版 人 金鑫荣

丛 书 名 精典文库
书　　名 柏林童年
著　　者 (德)瓦尔特·本雅明
译　　者 王　涌
责任编辑 芮逸敏

照　　排 南京开卷文化传媒有限公司
印　　刷 江苏凤凰通达印刷有限公司
开　　本 880×1 230　1/32　印张 6.25　字数 140 千
版　　次 2016 年 6 月第 1 版　　2021 年 12 月第 2 次印刷
ISBN　978-7-305-16792-8
定　　价 40.00 元

网　　址:http://www.njupco.com
官方微博:http://weibo.com/njupco
官方微信号:njupress
销售咨询热线:(025)83594756